Lea Volp

Theo Schwartz
lebt als Autor, Redakteur und Übersetzer mit seiner Familie in der Nähe von München. Nach seinem Studium arbeitete er für verschiedene Kinder- und Jugendbuchverlage und betreut bei SchneiderBuch mehrere Serien, darunter „Bibi Blocksberg“ und „Bibi und Tina“.

Theo Schwartz

BIBI BLOCKSBERG™

Kleine Hexe, große Abenteuer

Schneider Buch
EGMONT

Redaktion: Susanne Stephan
Lizenz durch KIDDINX Merchandising GmbH
Winterhuder Weg 29, 22085 Hamburg
www.bibiblocksberg.de

verlegt durch EGMONT Verlagsgesellschaften mbH,
Gertrudenstraße 30–36, 50667 Köln

Titelbild: KIDDINX Studios GmbH, Berlin
Illustrationen: Corporacion Tavena 2000 S. L., Barcelona
Druck und Bindung: GGP Media GmbH, Pößneck
ISBN 978-3-505-12725-0

Dieser Sammelband enthält die ungekürzten Einzelbände
Bibi Blocksberg – Bibi und die Piraten (Band 14, 2002)
Bibi Blocksberg – Das gestohlene Hexenkraut (Band 15, 2002)
Bibi Blocksberg – Die Hexenschule (Band 16, 2002)

Mit Witz und einer gehörigen Portion Hexenverstand meistert die pfiffige Junghexe Bibi Blocksberg auch die schwierigste Situation.

Bibis Eltern, Barbara und Bernhard Blocksberg, sind stolz auf ihre Tochter und stehen ihr jederzeit mit Rat und Tat zur Seite.

BiBi BLOCKSBERG™

Bibi und die Piraten

Nach Ulf Tiehm

Ein wichtiger Auftrag

Die Insel Buddelsand liegt draußen in der Wellenbucht gegenüber dem Hochseehafen von Neustadt. Von der Stadt aus führt eine Eisenbahnlinie zum Hafen, und in einem der Züge, die morgens, mittags und abends auf dieser Strecke verkehren, saßen Florian und Bibi. Ihre Klassenkameraden hatten sie zum Zug gebracht und ihnen viel Erfolg für ihre Reise gewünscht.

Die Fahrt im Zug bis zur Fähre würde nicht lange dauern. Bibi und Florian schauten eine Weile aus dem

Fenster, und als sie aus der Stadt und aus dem Neustädter Forst heraus waren, packten sie ihre belegten Brötchen, Äpfel und Saftflaschen aus und veranstalteten ein Picknick. Nachdem sie sich gestärkt hatten, holte Bibi die neueste Ausgabe der *Neustädter Zeitung* hervor. Sie hatte sie am Bahnhof gekauft und war jetzt ziemlich begierig zu erfahren, ob etwas über das Schülerheim darin stand. Und tatsächlich. Darüber wurde sogar auf der Titelseite berichtet!

„*Ferienheim für Neustädter Schüler gestiftet*“, las Bibi vor. „*In einem der schönsten Häuser in Wellenhausen auf der Insel Buddelsand werden künftig unsere Schulkinder ihre Ferien verbringen*. Sie blickte Florian an. „Das hat bestimmt Karla Kolumna geschrieben."

„Hh-hm." Florian kaute mit vollen Backen seinen Apfel.

„*Es ist ein Geschenk des Neustädter Schokoladenfabrikanten Norbert Nougat*", fuhr Bibi fort. „*Verwaltet wird das Erholungsheim vom Bürgermeisteramt der Stadt*. Pfff!" Bibi ließ die Zeitung sinken und seufzte. „Der Bürgermeister hat doch null Ahnung, wie Schulferien aussehen!"

Florian kaute immer noch und nickte zustimmend.

„Hier, hör mal!" Bibi hob die Stimme. „*Besonderen Wert legt Herr Nougat darauf, dass die Schüler ihr Heim so weit wie möglich selbst gestalten, und deshalb fahren …*"

Weiter kam sie nicht, denn Florian nahm ihr die Zeitung weg und las selbst: „… *und deshalb fahren heute zwei Mitglieder des Schülerrates zur Besichtigung nach Buddelsand, um Vorschläge zur Gestaltung des neuen Ferienheims auszuarbeiten. Das hat der Spender zur Bedingung gemacht, damit die Kinder sich auf der Insel auch wirklich wohl fühlen.*"

„Ja, das ist super!" Bibi war begeistert. „Da können wir uns die tollsten Sachen ausdenken."

Die beiden überlegten, was zu einem Wunsch-Ferienheim alles dazugehören sollte. Natürlich hatten sie auf Anhieb eine Menge guter Ideen:

„Wir legen einen Abenteuerweg an, der vom Haus bis zum Wasser führt",

schlug Florian vor. „Dort bauen wir einen Steg, und von da aus können wir mit Anlauf und Kopfsprung ins Meer hechten."

„Wer Hunger hat, holt sich was aus der Küche, die rund um die Uhr geöffnet ist!", rief Bibi. „Und niemand ist da, der meckert, wenn wir laut sind."

„Beim Fußballspiel auf der Wiese oder nachts beim Gespensterspiel!"

„Au ja!", stimmte Bibi ihm zu. „Und bei Vollmond schlafen wir am Strand. In einem kuscheligen Schlafsack. Ich bau mir eine Piratenburg und lege mich rein."

„Dann bin ich der rote Florian und erobere sie!"

„Haha!", lachte Bibi. „Bevor du dich versiehst, treibt dich die wilde

Bibi mit ihren Inselpiraten aufs Meer hinaus. Pass nur auf!“

„Wow! Das wird riesig!“ Florian war ganz aufgeregt. „Wir suchen nach Schätzen und jagen sie uns gegenseitig ab.“

„Gnadenlos!“, meinte Bibi und schaute grimmig drein.

„Und wo kriegen wir die Schätze her?“

„Ganz einfach“, antwortete Bibi. „Ich hexe sie.“

„Toll!“, rief Florian. „Echt piratig!“

Plötzlich riss Bibi die Augen auf und stieß einen kleinen Schrei aus. „So ein Mist!“

„Was? Wieso?“ Florian folgte ihrem Blick aus dem Fenster des fahrenden Zuges. Jetzt sah er es auch.

„Ach, du dickes Ei!“, stieß er hervor. „Der hat uns gerade noch gefehlt!“

Auf der Schnellstraße, die von Neustadt am Fluss Triller entlang neben der Eisenbahnlinie verläuft, fuhr der neue Dienstwagen des Bürgermeisters. Am Steuer saß sein Sekretär Pichler, und hinter ihm rutschte der Bürgermeister aufgeregt auf dem breiten Rücksitz hin und her.

„Schneller, Pichler!“, rief er nervös. „Schlafen Sie nicht ein!“

„Ich fahr ja schon Höchstgeschwindigkeit, Bürgermeister-Chef“, entgegnete Pichler. „Mehr geht hier nicht.“

„Quatsch mit Soße!“, ertönte es von hinten. „Drücken Sie auf die Tube! Geben Sie Gas! Sonst verpassen wir am Ende noch die Fähre.“

„Die kriegen wir bestimmt noch, Bürgermeister-Chef“, meinte sein Sekretär beruhigend.

„Das will ich hoffen“, brummelte der Bürgermeister und warf einen Blick aus dem Fenster, wo rechts von ihm der Zug fuhr. Er konnte niemanden hinter den spiegelnden Fensterscheiben erkennen, aber er wusste, dass Bibi und Florian im Zug saßen. „Diese Bibi Blocksberg darf nicht vor uns auf der Insel sein, sonst wird sie einen Haufen Ärger machen.“

Besorgt blickten Bibi und Florian aus dem Abteilfenster. Der Wagen des Bürgermeisters wurde schneller. Bald würde er den Zug überholt haben, und dann könnten Pichler und sein

Chef womöglich die Fähre vor ihnen erwischen.

„Wenn die beiden auch dort sind, dann können wir auf der Insel keinen Schritt tun, ohne beobachtet zu werden“, schimpfte Bibi mit verdrossener Miene.

„Das kannst du laut sagen!“, pflichtete ihr Florian bei. „Der muss ja überall seinen Daumen drauf haben. Sogar, wenn es um unser Ferienheim geht.“

„Aber was hat der Bürgermeister davon?“, überlegte Bibi laut. „Es geht doch nicht um seine Ferien.“

„Er mag eben nicht, dass wir etwas bekommen, was uns Spaß macht.“

„Sieh doch bloß mal, wie er seinen Sekretär antreibt!“, sagte Bibi. „Das ist richtig gemein von ihm.“

„O Mann! Der fährt ja immer schneller“, stellte Florian beunruhigt fest. „Hoffentlich baut er unterwegs keinen Unfall.“

„Bestimmt nicht. Dafür werde ich schon sorgen“, meinte Bibi. „Pass auf: *Eene meene weites Meer, im Auto ist der Tank jetzt leer! Hex-hex!*“

Sternchen blitzten, Funken sprühten, und augenblicklich verlor der Wagen des Bürgermeisters an Tempo. Sekretär Pichler konnte aufs Gas drücken, so viel er wollte, das Auto wurde immer langsamer, bis es schließlich blubbernd und ruckelnd am Straßenrand stehenblieb.

Bibi lehnte sich zufrieden in ihrem Sitz zurück. Die beiden waren sie fürs Erste los!

Die Villa Nougat

Vom Bahnhof aus war es nicht weit bis zum Hafen, und schon bald betraten Bibi und Florian die Fähre, die sie hinüber auf die Insel Buddelsand brachte. Dort erkundigten sie sich sogleich nach dem Weg. Sie marschierten durch das kleine, verschlafenene Örtchen Wellenhausen und gelangten kurz darauf zum Strand. Von dort führte die Schokoladenstraße direkt zur Villa Nougat.

Die Villa des Schokoladenfabrikanten lag auf einem flachen, sandigen Hügel am Rande der Dünen. Es war ein stattliches, über hundert Jahre altes, herrschaftliches Bauwerk, und Florian und Bibi trauten sich kaum zu läuten, so beeindruckt waren sie.

„Da drinnen gibt's bestimmt Marmorsäulen und Parkettboden", meinte Florian ehrfürchtig.

„Den man nur mit Filzpantoffeln betreten darf", fügte Bibi hinzu. „Na egal." Sie drückte auf den messingfarbenen Klingelknopf, und im Inneren der Villa ertönte ein melodischer Dreiklanggong.

„Hoffentlich sind die Angestellten nicht genauso vornehm wie das Haus", flüsterte Florian Bibi zu. Doch seine Befürchtungen bewahrheiteten sich nicht. Die Tür ging auf, und Friedrich Fleglich, der Hausmeister, trat heraus. Er hatte schlohweiße Haare und einen ebensolchen weißen Bart, trug eine Marineuniform und sah eher wie ein freundlicher Schiffskapitän aus. Er hieß die beiden herzlich willkommen, bat sie herein und führte sie sogleich überall herum. Die Räume hatten hohe Wände, die Decken waren mit Stuck verziert, und überall standen kostbare Möbel herum. Der Boden war tatsächlich aus Parkett und von einigen edlen Teppichen bedeckt. Florian und Bibi wurde ein wenig mulmig zumute. Es war noch vornehmer, als sie es sich vorgestellt hatten.

„Nun seid mal nicht zu enttäuscht“, sagte der Hausmeister. „Hier müsst ihr ja nicht wohnen. Das ist nicht euer künftiges Ferienheim.“

„Was?“, riefen Bibi und Florian wie aus einem Mund. „Wieso denn nicht?“

„Euer Bürgermeister hat bestimmt, dass die Villa Nougat nur von ihm, seinen Gästen und der Lehrerschaft benutzt werden darf“, erhielten sie zur Antwort.

„Hä?“ Florian wollte nicht glauben, was er gerade gehört hatte. „Und wo sollen wir Schüler bleiben?“

„Für euch soll der Flachbau im Garten hergerichtet werden. Kommt mal mit.“ Herr Fleglich führte die beiden zu einem der hohen Fenster. Von hier aus blickte man auf den gepflegten Garten der Villa, hinter dem bereits die Dünen begannen. Ein Stück weit entfernt stand, halb zwischen knorrigen Kiefern versteckt, ein flaches

Gebäude, das ein wenig heruntergekommen aussah.

„Die alte Baracke?“, empörte sich Bibi. „Die ist ja fast so klein wie ein Hühnerstall!“

„Der Bürgermeister will auch nicht allzu viele Schüler hier haben“, erklärte der Hausmeister. „Sonst wird ihm der Lärm zu groß.“

„Na, toll!“, schimpfte Bibi. „Und was hat unser Stadtoberhaupt noch gesagt?“

„Ja … also …“, Herr Fleglich wollte nicht so recht mit der Sprache herausrücken. „Er meint, dass alles ordentlich aussehen wird, wenn ein hübscher Zaun davor steht.“

„Ein Zaun?!“, riefen Bibi und Florian entgeistert.

„Ja“, nickte der Hausmeister. „Er möchte ein weißes Holzgatter.“

Bibi und Florian blickten einander empört an.

„Wenn der Bürgermeister glaubt, dass er sich unser Ferienheim unter den Nagel reißen kann, dann hat er sich ganz schön geschnitten!“, sagte Bibi, und ihre Augen blitzten.

„Genau!“, pflichtete ihr Florian bei. „Nicht mit uns!“

Herr Friedrich Fleglich spürte, wie aufgebracht die beiden waren und lud sie erst einmal in die Küche zu einem „Pott Schokolade“ ein, wie er es nannte. Während er sich am Herd um die Zubereitung des Getränks kümmerte, machten es sich Bibi und Florian gemütlich. Bibi durfte sich sogar in den großen, kuscheligen Ohrensessel setzen. Das war der Lieblingsplatz des Hausmeisters.

„Warum hat Herr Nougat eigentlich das Haus gespendet?“, wollte Bibi wissen.

„Ach, wisst ihr, der war sowieso kaum hier“, antwortete Herr Fleglich. „Den zieht es mehr in die Berge. Der hat es nicht so mit dem Meer.“

„Verstehe ich nicht“, meinte Florian. „Meer ist doch super!“

„So!“ Der Hausmeister stellte zwei große Henkeltassen mit dampfend heißer Schokolade vor sie hin und gab noch einen tüchtigen Schlag Sahne darauf. „Jetzt trinkt. Das ist ein Spezialrezept von Herrn Nougat. Der weiß, was Kinder mögen.“

Bibi und Florian verdrehten genießerisch die Augen, nachdem sie vorsichtig probiert hatten.

„Hmmm!“, lobte Bibi. „So einer müsste unser Bürgermeister sein!“

„Oh!“ Florian hätte sich beinahe verschluckt. „Den habe ich fast vergessen! Der wird ja auch bald hier aufkreuzen!“

„Wir werden uns etwas ausdenken“, sagte Bibi bestimmt. „Das, was er vorhat, müssen wir unbedingt verhindern.“

„Na, dann wollen wir uns mal sputen und einen guten Plan machen“, meinte der Hausmeister und zwinkerte verschwörerisch.

„Sie wollen uns helfen?“, fragte Bibi überrascht.

„Na klar“, sagte er. „Das ist doch Ehrensache!“

„Sie sind schwer in Ordnung, Herr Fleglich!“, meinte Bibi anerkennend und strahlte über das ganze Gesicht.

„Ihr dürft gern ‚Freddy‘ zu mir sagen, wenn ihr wollt“, antwortete der Hausmeister freundlich.

„Danke!“ Bibi und Florian nickten begeistert und prosteten sich mit ihrer Schokolade zu.

Dann leerte Bibi ihren „Pott“ in einem Zug und sagte: „Also dann … gehen wir an die Arbeit!“

Florian zwinkerte ihr verschmitzt zu. Er wusste, was Bibi unter „Arbeit“ verstand – Hexen natürlich. Gleich darauf erfuhren er und Freddy, was Bibi plante.

„Ich habe die größte Idee aller Zeiten!“, verkündete sie. „Ich mache für uns aus der alten Villa eine richtige Piratenburg!“

„Mit Piratenfahnen, Kanone und Schatztruhen?“, fragte Florian mit leuchtenden Augen.

„Mit allem, was dazugehört!“, bestätigte Bibi.

Doch dem Hausmeister Freddy ging das Ganze zu schnell.

„Langsam! Langsam!“, rief er und hob abwehrend die Hände. „Eine Piratenburg ist ja schön und gut, aber wie habt ihr euch das mit dem Dekomaterial gedacht? Auf der Insel bekommen wir das nicht.“

„Kein Problem“, meinte Bibi lässig. „Das hexe ich einfach.“

Da lachte der Hausmeister schallend.

„Hexen?“, rief er. „Du machst mir Spaß, Mädchen! Schön wär’s. Aber leider funktioniert so was nur im Märchen.“

„Und bei Bibi Blocksberg!“, entgegnete Florian stolz.

„Schon gut, schon gut“, winkte Freddy ab. „Ich mache euren Spaß mit.

„Das ist nett von Ihnen“, freute sich Bibi. „Dafür ernenne ich Sie zu unserem Kanonenmeister.“ Dann sagte sie laut ihren Hexspruch: *„Eene meene rattatong, Kanone steh auf dem Balkon! Eene meene Donnerkrach, die Piratenflagge rauf aufs Dach! Hex-hex!“*

Bibi zeigte aus dem Fenster nach draußen. Auf dem Balkon stand plötzlich eine bullige, alte Kanone. Freddy war völlig verblüfft. Das kleine Mädchen konnte tatsächlich hexen! Unglaublich!

Doch der alte Hausmeister grübelte nicht länger, sondern ließ sich von der Begeisterung der beiden Kinder anstecken. Er hatte ebenfalls Ideen für die Einrichtung der Piratenburg und lief voller Begeisterung mit Bibi und Florian durch die große Eingangshalle. Dort zeigte er Bibi, was alles verhext werden könnte, und Bibi tat es sogleich. Aus den vornehmen Sesseln und Ledersofas wurden Hängematten, der Kronleuchter wurde zu einer Schiffslaterne und die Gummibäume zu Südseepalmen. Bibi hexte so drauflos, dass es Florian bald mulmig wurde. Hoffentlich überhexte sich seine Freundin nicht!

„Alles in Ordnung?“, fragte er ein wenig ängstlich.

„Ja, ja, alles paletti!“, erhielt er zur Antwort. „Seeluft verstärkt die Hexkraft, sagt meine Mami immer. Oh!“, rief sie. „Ich habe ja noch was vergessen!“

„Was?“ Freddy blickte sie erstaunt an.

„Na, das Treppengeländer. Sind Sie als Kind nicht gern Treppengeländer runtergerutscht?“

„Allerdings!“, lachte der Hausmeister. „Aber hier lass das mal lieber bleiben. Das ist zu gefährlich. Die Treppen sind sehr steil, und das Geländer ist viel zu schmal.“

„Keine Sorge“, lachte Bibi unbekümmert. *„Eene meene Hochzeitskutsche, das Geländer wird 'ne Rutsche! Hex-hex!*“

Im Nu war aus dem schmalen, hölzernen Treppengeländer eine breite Rutsche geworden, die mit sanftem Schwung vom Dachboden bis in den Keller führte. Bibi, Florian und Freddy rannten schnell die Treppen hinauf bis zum Anfang der Rutsche, setzten sich darauf und sausten jubelnd hinunter. Sie wollten gerade zu einer zweiten Rutschpartie starten, da ertönte draußen lautes und aufdringliches Hupen.

„Auweh!“, rief Bibi. „Diese Töne kenne ich gut. Das ist das Auto von unserem Bürgermeister!“

Piraten ahoi!

Gleich darauf wurde stürmisch die Türglocke betätigt. Hausmeister Friedrich Fleglich warf noch einen sehnsüchtigen Blick auf die super Rutsche und ging dann öffnen.

„Ach, der Herr Bürgermeister!“, rief er und tat sehr überrascht. „Und sein Sekretär! Bitte einzutreten, die Herrschaften!“

„Tag, Fleglich! Wurde auch Zeit!“, brummte der Bürgermeister unwirsch und zwängte sich mit seinem dicken Bauch vorbei ins Innere der Villa. Im selben Moment stieß er einen lauten

Schreckensschrei aus. „Grundgütiger Himmel! Was ist denn hier passiert? Haben hier die Vandalen gehaust?“

„Keine Sorge, Herr Bürgermeister“, versuchte ihn Freddy zu beruhigen. „Es ist alles in bester Ordnung.“

„In Ordnung nennen Sie das?“ Der Bürgermeister war entrüstet.

„Ja, natürlich“, antwortete Freddy freundlich. „Bibi Blocksberg hat nur versuchsweise das Haus etwas kinderfreundlicher gehext.“

„Dachte ich’s mir doch!“ Der Bürgermeister bekam einen hochroten Kopf. „Diese Göre kann man keine Minute aus den Augen lassen. Nichts als Unfug hat sie im Kopf!“

Der kleine, schüchterne Sekretär Pichler allerdings konnte sich ein

Schmunzeln nicht verkneifen. „Wenn Sie mich fragen, ich finde es ganz lustig hier, Bürgermeister-Chef", sagte er.

„Ich habe Sie aber nicht gefragt!", schnauzte ihn der Bürgermeister an. „Und was Sie finden, bestimme immer noch ich, Pichler!"

„Jawohl, Bürgermeister-Chef."

Der Sekretär trat erschrocken einen Schritt zurück, dabei stieß er gegen ein paar Kokosnüsse, die von der verhexten Gummibaum-Palme gefallen waren.

Sogleich fand der Bürgermeister einen weiteren Grund zum Meckern: „Man kann ja hier keinen Schritt machen, ohne über irgendwas zu stolpern!"

„Für Erwachsene ist das auch nicht

gedacht", sagte Bibi und trat einen Schritt vor. Jetzt erst wurde sie von dem Bürgermeister bemerkt.

„Bibi Blocksberg!", rief er und schnaufte vor Empörung. „Du hext sofort wieder alles so, wie es war. Auf der Stelle!"

„Nein!", erwiderte Bibi mit fester Stimme.

„Waaas?" Der Bürgermeister traute seinen Ohren nicht. Diese kleine Hexe wagte es, ihm zu widersprechen? „Das ist mein letztes Wort. Hex diesen Müllhaufen hier wieder in Ordnung."

„Das ist kein Müllhaufen", sagte Bibi energisch. „Das ist die ‚Piratenburg Nougat'."

„Mir egal, wie du dieses Chaos nennst." Der Bürgermeister geriet allmählich ins Schwitzen und wischte sich mit seinem großen, karierten Taschentuch die Stirn ab. „Pichler", fügte er genervt hinzu, „wiederholen Sie, was ich nicht noch einmal sagen will."

„Bibi!" Sekretär Pichler warf der kleinen Hexe einen flehentlichen Blick zu. „Du sollst diesen Müllhaufen wieder in Ordnung hexen."

Doch Bibi dachte nicht im Traum daran. „Es hat keinen Zweck", sagte sie achselzuckend zu Florian. „Ich muss die beiden wohl verhexen, damit sie's endlich kapieren."

„Untersteh dich, Bibi Blocksberg!" Der Bürgermeister riss vor Schreck die Augen weit auf und hob abwehrend die Hände.

„Oh doch!", rief Bibi mit einem

verschmitzten Lächeln. „*Eene meene Kindergarten, die zwei sind echte Strandpiraten! Hex-hex!*“

Funken sprühten, Sternchen blitzten, und augenblicklich standen zwei verwegen aussehende Figuren da. Der dicke Neustädter Bürgermeister hatte einen nackten Oberkörper und war von der Hüfte abwärts mit einer löchrigen, langen Hose bekleidet. Im Gürtel trug er eine rostige Pistole und einen gewaltigen Säbel. Sein spärlich behaarter Kopf war von einem speckigen Admiralshut bedeckt.

Sein dünner Sekretär Pichler sah nicht weniger wild aus. Um den Kopf hatte er ein rotes Tuch gebunden, und sein rechtes Auge bedeckte eine Augenklappe. Auch sein Oberkörper war unbekleidet, und die viel zu weite Hose schlotterte um seine dünnen Beine.

„Darf ich vorstellen?“ Bibi grinste. „Der dicke …“, sie wandte sich an Florian und flüsterte: „Wie heißt doch unser Bürgermeister?“

„Pressak“, flüsterte Florian zurück. „Bruno Pressak.“

„Richtig. Also, darf ich bekannt machen? Zwei gefürchtete Piraten: Der ‚dicke Bruno‘ und der ‚dünne Pichi‘!“

Hausmeister Fleglich hatte es die Sprache verschlagen. Doch dann machte er einen vorsichtigen Schritt auf die beiden Männer zu und stupste sie an. „Sind die wirklich echt?“, wollte er von Bibi wissen. Die nickte. „Hallo, Herr Bürgermeister!?“, fragte er dann vorsichtig.

„Was heißt hier ‚Bürgermeister‘?!“, polterte der dicke Bruno. „Zisch ab in die Küche! In einer Stunde gibt es hier was Ordentliches zu Essen! Sonst lasse ich dich kielholen! Verstanden?“

Der Hausmeister musste sich alle Mühe geben, um ernst zu bleiben und sagte: „Jawohl. Wird gemacht, Herr …“, er betonte die Anrede besonders, „Herr … Pirat … Bruno!“ Florian war begeistert.

„Irre, Bibi!“, sagte er. „Das war eine Wahnsinnsidee von dir!“

„Tja“, meinte die kleine Hexe. „Wer als Bürgermeister unsere Piratenburg nicht mag, der muss es eben als Pirat lernen.“

„Was steht ihr hier noch herum, ihr Grünschnäbel?“, schnauzte der dicke

Bruno die beiden an. „Macht gefälligst das Boot klar. Der Döskopp hier und ich, wir gehen auf Schatzsuche!"

Bibi grinste und salutierte. „Aye, aye, Bruno!", rief sie mit kräftiger, tiefer Stimme.

„Woher willst du denn ein Boot nehmen?", fragte Florian erstaunt.

„Na hör mal!", erwiderte Bibi. „Wozu steht denn draußen sein Dienstwagen? Pass auf: *Eene meene Morgenrot, Auto wird Piratenboot! Eene meene Schellen, das Boot schwimmt auf den Wellen! Hex-hex!* Das Boot ist klar!", meldete sie dem Pirat Bruno. Der eilte zur Tür hinaus. Bibi lief ihm nach.

„Und wie steht es mit der Schatzkarte", fragte sie ihn.

„Hä?“ Pirat Bruno machte ein dümmliches Gesicht.

„Na, die Schatzkarte!“, rief Bibi vorwurfsvoll. „Wie wollt ihr denn sonst einen Schatz finden?“

Der dicke Bruno und der dünne Pichi blickten einander ratlos an. Sie benötigten natürlich eine Schatzkarte. Aber woher sollten sie die jetzt so schnell kriegen? Doch Bibi war auf Zack und sagte einen Hexspruch: *„Eene meene Fußballplätze, hier ist ein Plan für tolle Schätze! Hex-hex!* Bitte sehr!“

Sie hielt den beiden Bilderbuchpiraten Bruno und Pichi eine geheimnisvolle Schatzkarte hin. Dicke Kreuze waren am Strand vor der Villa, im Wald am anderen Ende von Wellen-

hausen, in der Bucht am Leuchtturm und sogar auf einer kleinen, vorgelagerten Fischerinsel an der Südseite von Buddelsand.

Gierig griff Pirat Bruno nach der Karte.

„He, Bibi!", murmelte ihr Florian zu. „Sie müssen aber auch ein bisschen buddeln."

„Das werden sie, und nicht zu wenig!" Bibi lachte und sagte schnell einen weiteren Hexspruch: *„Eene meene überlisten, ihr findet viele Zettelkisten! Hex-hex!"*

Die Schatzsucher

„So!“, sagte Bibi und atmete erleichtert auf, als die beiden Piraten davongestapft waren. „Die kommen so schnell nicht wieder.“

„Vielleicht doch“, meinte der Hausmeister. „Auf dem Gelände ist nämlich wirklich ein Schatz vergraben.“

Bibi und Florian schauten verblüfft. Was hatte Freddy da gerade gesagt?

„Ja“, fuhr der fort, „Das hat sich Herr Nougat ausgedacht. Als Überraschung für die Ferienkinder.“

„Was hat er denn vergraben?“, fragte Bibi gespannt.

„Und wo?“, wollte Florian wissen.

Freddy lachte. „Neugierig seid ihr wohl gar nicht? Das soll ein Geheimnis bleiben.“

Die beiden machten enttäuschte Gesichter. Sie wollten Freddy gerade mit Fragen löchern, da klingelte das Telefon. Nachdem Freddy es unter allerhand Piratenplunder gefunden hatte, nahm er den Hörer ab und meldete sich gut gelaunt: „Hallo! Hier ist die Piratenburg Nougat.“

„Wer ist dort?“, fragte eine verblüffte Frauenstimme.

„Die Piratenburg!“, widerholte der Hausmeister vergnügt, aber dann fügte er mit normaler Stimme hinzu: „Villa Nougat hier. Was kann ich für Sie tun? Mit wem spreche ich?“

„Redaktion Neustädter Zeitung. Karla Kolumna. Kann ich bitte Bibi Blocksberg sprechen?“

Freddy gab den Hörer an Bibi weiter. „Hier, für dich. Frau Karla Kolumna.“

„Oh! Prima!“ Bibi strahlte. „Hallo, Frau Kolumna!“, meldete sie sich vergnügt.

„Hallöchen! Hallöchen!“, ertönte die Stimme der rasenden Reporterin. „Das hört sich ja sensationell lustig an bei euch auf der Insel.“

„Ja, das stimmt“, meinte Bibi lachend. „Wir sind nämlich gerade beim Piratenspiel.“

„Mit dem Bürgermeister?“, fragte Karla verblüfft.

„Nicht direkt“, antwortete Bibi. „Aber er ist auch ein Pirat.“

„Was? Unser Bürgermeister ein Pirat?“, fragte die Reporterin aufgeregt. „Das ist ja sensationell! Davon brauche ich unbedingt ein Foto.“

Bibi wollte etwas einwenden, aber Karla schnitt ihr das Wort ab.

„Keine langen Erklärungen!“, rief sie. „Ich fliege, ich eile! Ich bin so schnell es geht bei euch. Tschüsselchen!“

Karla Kolumna, die in der *Neustädter Zeitung* schon viel über Bibis Abenteuer geschrieben hatte, war sofort klar, dass es wieder einmal um eine heiße Story ging. So wie Bibi eine feine Hexennase besaß, so verfügte Karla über eine feine Reporterinnen-Spürnase. Und diese sagte ihr: Wenn Bibi und der Bürgermeister von Neustadt aneinandergerieten – und das taten sie häufig –, dann ging das nie ohne Hexerei ab. So etwas konnte sich Karla natürlich nicht entgehen lassen. Deshalb schnappte sie sich Block, Bleistift und Fotoapparat, stieg auf ihren Motorroller und sauste los.

Hausmeister Freddy blickte auf die große Küchenuhr an der Wand. Es wurde langsam Zeit, dass er sich um das Essen kümmerte.

„Was werden unsere beiden Piraten wohl jetzt gerade treiben?“, fragte er schmunzelnd.

„Sie buddeln“, erklärte Bibi.

„Das möchte ich sehen“, meinte Florian grinsend.

„Ich auch“, sagte Bibi. „Komm, wir gehen mit Kartoffelbrei auf Suchflug.“

Kartoffelbrei? Suchflug? Freddy verstand nur „Bahnhof". Aber als Bibi ihren Hexenbesen hervorholte, meinte er lachend: „Na dann. Von mir aus fliegt eine Runde. Inzwischen kann ich das Mittagessen machen."

„Eben. Pirat Bruno hat es schließlich bestellt." Florian zwinkerte dem Hausmeister zu und imitierte die Stimme des Bürgermeisters: „Zisch ab in die Küche! Sonst lasse ich dich kielholen!"

Freddy salutierte zum Spaß, und Florian schwang sich hinter Bibi auf den Besen. Dann sagte sie den Hexspruch: *„Eene meene mei, flieg los, Kartoffelbrei! Hex-hex!"*

Sogleich erhob sich der Hexenbesen in die Luft und zischte mit Bibi und Florian aus dem offenen Balkonfenster, dicht über die alte Kanone hinweg. Der Hausmeister starrte ihnen mit offenem Mund nach. Wenn er das beim nächsten Stammtisch erzählte, würde es ihm keiner seiner Freunde glauben!

Bibi und Florian sausten auf Kartoffelbrei über die Dünen und gelangten zum Strand. Dort drehten sie eine große Suchrunde, doch es war niemand zu sehen. Nur neben dem großen Kletterfelsen entdeckten sie einen Sandhaufen und ein großes Loch, und kurz darauf erspähten sie an der Leuchtturmbucht eine bekannte Gestalt: den dicken Bruno.

„Jetzt fehlt bloß noch der dünne Pichi", stellte Bibi fest. „Wo mag der wohl abgeblieben sein?"

„Der steht bestimmt bis zum Bauch in einem Loch“, meinte Florian. „Wahrscheinlich muss er für seinen Chef buddeln.“

Und so war es auch. Der dicke Pirat Bruno saß im Schatten eines Baumes, und sein schwächlicher Kumpan Pichi schippte und schaufelte, was das Zeug hielt. Nicht lange, und er stieß auf Holz. Er buddelte eifrig weiter und fand schließlich eine Truhe. Mit Mühe gelang es ihm, sie ein Stück hochzustemmen.

„Das muss die dritte Zettelkiste sein!“, rief Bibi. „Halt dich fest, wir landen!“

Damit sie von den beiden Strandpiraten nicht entdeckt wurden, sagte Bibi schnell einen Hexspruch für ihre

Tarnung: *„Eene meene Krabbensuppe, als Sichtschutz eine Palmengruppe! Eene meene Bande, Kartoffelbrei, los, lande! Hex-hex!"*

Der dicke Bruno und der dünne Pichi waren so in ihre Schatzsuche vertieft, dass sie gar nicht merkten, was um sie herum geschah. So konnten sich Bibi und Florian unbemerkt anschleichen. Hinter dem Stamm einer mächtigen Kokospalme kauernd, bekamen sie alles genau mit.

„Schlaf nicht ein, Döskopp!", meckerte Bruno. „Ich schlage allmählich schon Wurzeln."

„Ich kann nicht mehr, Bruno-Chef!", stöhnte Pichi. Er schaffte es einfach nicht, die schwere Truhe über den Rand der Sandgrube zu hieven.

„Lohnt es sich überhaupt? Vielleicht ist da auch bloß wieder so ein blöder Zettel drin."

„Na und?", erwiderte Bruno. „Schätze liegen eben nicht nur so einfach in der Gegend herum. Die muss man sich hart erarbeiten. Also, keine Müdigkeit vorschützen, Döskopp!"

„Auf dem ersten Zettel am Strand stand: Grabe unter der alten Kiefer am Waldrand. Und was haben wir gefunden? Noch eine Kiste mit einem doofen Zettel." Pichi verzog mürrisch das Gesicht.

„Auf dem stand dann: *Grabe hundert Schritte vom Leuchtturm in westlicher Richtung*. Das haben wir auch getan", verteidigte sich Bruno.

„Was heißt ‚wir'?", begehrte Pichi

auf. „Ich habe gegraben. Du hast nur die hundert Schritte gezählt."

„Das war für einen Piratenchef genug Arbeit", erwiderte Bruno hochmütig. „Und jetzt quatsch nicht so viel. Heb endlich die Kiste raus!"

Doch so sehr Pichi sich auch abmühte, seine Arme waren zu schwach für die schwere Kiste. Er bekam sie einfach nicht aus der Grube heraus. Bibi und Florian in ihrem Versteck tat der arme Herr Pichler richtig leid.

„Pass auf. Das machen wir ganz einfach", sagte Bibi. „*Eene meene saure Reben, der Bruno muss die Kiste heben! Hex-hex!*"

Und SCHWUPP! Schon stand der Bürgermeister in seiner Piratenkluft in der Grube und stemmte ächzend und schwitzend eine große Holzkiste hoch. Der dünne Pichi konnte sich ein heimliches Grinsen nicht verkneifen. Ein bisschen Schadenfreude musste sein.

„Das ist nett, Bruno, dass du mich ablöst“, sagte er freundlich. „Schau, jetzt hast du es ja geschafft.“

Mit zittrigen Fingern und gierigem Blick machte sich der dicke Bruno an der massiven Holzkiste zu schaffen. Endlich hatte er den Schatz geborgen. Seinen Schatz! Er sollte ihm gehören, ihm allein, denn er war ja der Oberpirat. Er hob den eisenbeschlagenen Deckel an und … stieß einen ellenlangen Piratenfluch aus.

„So ein Mist! Du hattest recht, Pichi. Es ist wieder nur ein Zettel. Los, lies schon vor, du Döskopp!“

„Rudere hinüber zur Fischerinsel und grabe am Granitfelsen. Ach nööö!", widersprach Pichi. „Nicht schon wieder. Ich habe keine Lust mehr, Bruno."

„Quatsch!", brauste der dicke Bruno auf. „Du machst, was ich sage."

„Und wenn in der nächsten Kiste wieder nur so ein doofer Zettel drin ist?", maulte Pichi.

„Dann buddeln wir eben so lange, bis wir den richtigen Schatz haben. Keine Widerrede!"

Also machten die zwei Piraten ihr Boot los und ruderten zu der kleinen Fischerinsel hinüber, die hinter der nächsten Bucht zu sehen war. Das heißt, Pichi ruderte mit Leibeskräften, und der dicke Pirat Bruno gab lautstark Kommandos. Bibi und Florian sahen ihnen nach, bis die beiden Piraten die Insel vor der Bucht erreicht hatten, und flogen dann zurück zur Villa. Die beiden Seeräuber waren gewiss noch eine Weile beschäftigt.

Inzwischen war Karla Kolumna eingetroffen. Sie hatte den Hausmeister Freddy mit Fragen bestürmt, und der hatte ihr haarklein alles erzählt, was bisher passiert war.

„Kinderchen, eure Piratenburg ist ja wirklich sensationell!“, rief sie begeistert. „Meine Kamera ist schon ganz heißgelaufen, so viele Fotos habe ich gemacht. Das wird eine phänomenale Doppelseite.“ Dann blickte sie sich suchend um. „Wo stecken denn der Piraten-Chef und sein Adjutant? Ich kann es kaum erwarten, ihnen ins Furcht einflößende Gesicht zu blicken."

„Die sind zur Fischerinsel gerudert", erklärte Florian. „Einen Schatz ausbuddeln."

„Was?" Karla machte große Augen. „Und ich bin nicht dabei? Bibilein, das kannst du mir nicht antun!"

„Keine Sorge, Frau Kolumna, das kriegen wir schon hin", sagte Bibi. „Wir fliegen beide zu der Insel. Florian", sie wandte sich an ihren Schulfreund, „du musst leider hier bleiben. Drei Personen auf einmal schafft mein Wuschel heute nicht mehr."

„Kein Problem", winkte Florian ab. „Ich habe den zwei Piraten ja schon zugeguckt. Die finden sowieso nur Zettel."

„Was für Zettel?“, fragte Frau Kolumna verwirrt.

„Das erkläre ich Ihnen unterwegs“, antwortete Bibi. „Kommen Sie, steigen Sie auf.“

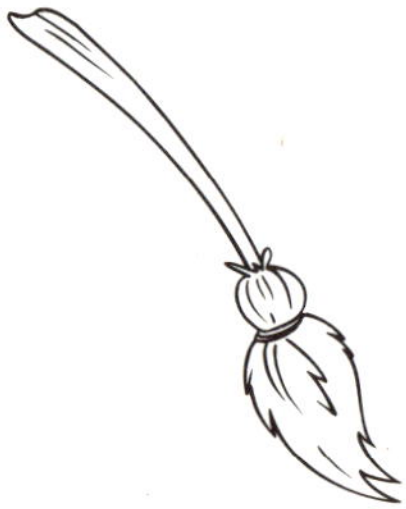

Ein echter Schatz

Nachdem Karla von Bibis Zettelkistenhexspruch erfahren hatte, konnte sie es kaum erwarten, den beiden Piraten bei ihrer Arbeit zuzuschauen. Zur Landung befahl Bibi ihrem Besen Flüsterflug, und so erreichten sie unbemerkt die vorgelagerte Insel. Sie schlichen sich geduckt näher und versteckten sich hinter einem Baum. Von hier aus konnten sie den dicken Bruno und den dünnen Pichi gut sehen und alles hören, was sie sprachen.

Karla war begeistert. Die beiden sahen wirklich sensationell aus, vor allem der kleine, schmächtige Sekretär Pichler. Er stand schon wieder bis zum Bauch in einer Grube und schaufelte, was das Zeug hielt.

„Und ich bekomme wirklich was ab, wenn diesmal ein Schatz in der Kiste ist, Bruno-Chef?", fragte Pichi und wischte sich mit einem Zipfel seines Kopftuches den Schweiß ab.

„Ja ja, Döskopp", sagte Bruno ungeduldig. „Aber jetzt schaufle erst mal, dann sehen wir weiter."

Pichi tat, wie ihm befohlen worden war und rackerte sich weiter ab. Und siehe da – es dauerte nicht lange, da stieß sein Spaten auf Holz. Schnell grub er weiter und legte eine große Kiste frei. Der dicke Bruno bekam Stielaugen vor lauter Gier.

„Schnell, raus mit dem Ding!“, befahl er, und weil der arme Pichi fast am Zusammenbrechen war, legte er selbst Hand mit an. Sie zerrten und zogen, dann stand die große Kiste im Sand neben der Grube. Der kleine Pichi ließ sich auf den Boden plumpsen. Er war total erledigt.

„Du darfst eine kleine Pause machen“, meinte Bruno gönnerhaft. „Ich guck mir das hier mal genauer an.“ Er klopfte von allen Seiten gegen die Kiste. „Mhmm ... massives Holz“, stellte er fest. „Das Ding klingt, als ob es voll wäre.“

Karla Kolumna zückte ihren Fotoapparat. Die beiden Piraten vor der Kiste, das war ein sensationelles Motiv. Doch Bibi hielt sie zurück.

„Lieber nicht“, raunte sie der Reporterin zu. „Da vorn ist irgendwas faul. Ich hatte an die Stelle doch eine Zettelkiste hingehext. Aber die hier ist anders.“

Als der dünne Pichi und der dicke Bruno sich an dem schweren Schloss zu schaffen machten, das an der Truhe angebracht war, fiel bei Bibi plötzlich der Groschen: „Ich glaube, ich spinn’! Das ist die Schatztruhe von Herrn Nougat!“

„Wieso?“, flüsterte Karla Kolumna zurück. „Hat der hier auf der Insel einen Schatz versteckt?“

„Ja, für die Ferienkinder. Das hat uns Freddy erzählt.“

„Sensationell!“, meinte Karla. „Da auf der Truhe ist auch sein Firmenzeichen angebracht. Ein Nougat-Schatz ist wirklich das Sensationellste, das ich mir vorstellen kann."

Unterdessen werkelten Pichi und Bruno an dem Schloss herum.

„Das blöde Ding geht nicht auf!", schimpfte Bruno. „Gib mir mal einen schweren Stein, Döskopp."

„Sofort, Bruno-Chef." Pichi tat, wie ihm geheißen wurde, und Bruno rückte dem Schloss zu Leibe.

„Bibi, die machen das Schloss kaputt!", flüsterte Karla aufgeregt. „Aber dann ist doch der schöne Spaß für die Ferienkinder futsch."

„Kommt nicht in die Tüte", meinte Bibi und sagte schnell einen Hexspruch: *„Eene meene Kakadu, die Schatztruhe bleibt zu! Hex-hex!"*

Nun konnten sich die beiden Piraten noch so sehr anstrengen, sie bekamen die Truhe nicht auf. Bruno schimpfte und gab der Truhe einen Tritt, aber das half auch nichts. Was nun?

„In der Piratenburg ist Werkzeug", fiel Pichi ein.

„Sehr gut!", lobte ihn ausnahmsweise der dicke Bruno. „Rudern wir also zur Burg. Pichi, lade die Truhe ins Boot. Hopp-hopp!"

„Kindchen, das muss ich fotografieren! Was auch immer passiert." Karla Kolumna war ganz aus dem Häuschen. „Diese Story darf ich mir nicht durch die Lappen gehen lassen, sonst mache ich mir ewig Vorwürfe."

„Na schön", gab Bibi nach. „Wenn es sein muss."

Sofort erhob sich Karla aus ihrer Deckung und schritt auf die beiden Schatzsucher zu.

„Hallöchen, die Herren Piraten!" Sie hielt ihren Fotoapparat vor das Gesicht. „Bitte einmal so bleiben …"

Sie konnte gerade ein, zwei Aufnahmen machen, da zückte Bruno auch schon seinen Säbel und fuchtelte damit drohend in der Luft herum.

„Haaach! Freibeuter!", brüllte er. „Mit Blitz und Donner! Sie wollen uns unseren Schatz abjagen! Aber das lassen wir nicht zu. Pichi! Auf sie mit Gebrüll!"

„Langsam, langsam!", wehrte Karla Kolumna ab. „Nicht so stürmisch, meine Herren!"

Doch die beiden Piraten ließen sich

nicht beirren und stürmten mit ganz schrecklichem Grölen auf die vermeintlichen Freibeuter zu. Die bekamen es mit der Angst zu tun, denn der dicke Oberpirat schien nicht zu spaßen.

„Die machen Ernst!", rief Bibi mit leichter Panik in der Stimme. Schnell sagte sie einen weiteren Hexspruch: *„Eene meene ungeschehen, ihr habt nie 'nen Feind gesehen! Hex-hex!"*

Schlagartig brach der Lärm ab, und die zwei Piraten blieben wie angewurzelt stehen.

„Auf wen soll ich denn jetzt mit Gebrüll, Bruno-Chef?", fragte Pichi verwirrt. „Ich sehe keine Freibeuter."

„Hm, versteh ich nicht." Bruno kratzte sich hinter dem Ohr. „Da steht nur eine Lady mit Brille und neben ihr der Grünschnabel aus der Piratenburg. Aber die sind ungefährlich." Er wandte sich an Pichi: „Los, trag jetzt die Truhe ins Boot. Wir rudern nach Hause."

Die beiden beachteten ihre ungebetenen Besucherinnen nicht länger und widmeten sich ganz ihrer Schatztruhe. Bibi schlug deshalb vor, zurückzufliegen, denn Bruno und Pichi würden ihnen bestimmt nicht davonlaufen. Karla war einverstanden, denn sie hatte „sensationelle Traumfotos" gemacht. Sie gingen zurück zu der Stelle, wo Bibi ihren Besen abgestellt hatte, setzten sich auf Kartoffelbrei und düsten heim zur Piratenburg.

Wenn Karla Kolumna allerdings

geahnt hätte, was gleich darauf am Strand der Fischerinsel passieren würde, dann wäre sie bestimmt noch geblieben und hätte das Super-Traumfoto des Jahrhunderts gemacht.

Der kleine Pichi schaffte es nämlich nicht, die schwere Truhe allein in das Boot zu hieven, das auf den kräftigen Wellen hin und her schaukelte. Da verlor der dicke Bruno die Geduld und packte mit an. Die Truhe wurde zwar ins Boot gehievt, aber das machte das Boot so schwer, dass es mit dem Kiel im Sand stecken blieb. Die beiden Piraten bekamen es trotz großer Anstrengungen nicht mehr flott.

Der dicke Bruno zog ein Gesicht wie ein missmutiger See-Elefant, dem man seine Beute weggenommen hatte.

„Reife Leistung, Chef“, kommentierte Pichi trocken. „Jetzt müssen wir auf die Flut warten, damit sie uns von hier fort spült.“

„Halt die Klappe!“, schnauzte ihn Bruno an. „Das sehe ich auch.“

Er nahm missmutig auf der Sitzbank Platz und starrte auf das Wasser hinaus. Bis die Flut kam und sie und das Boot mitsamt der schweren Schatzruhe wieder flottmachte, würde es Stunden dauern und Nacht werden. Doch Pirat Bruno war bereit, auszuharren. Den einmal gehobenen Schatz wollte er so schnell nicht wieder hergeben. Deshalb machte er es sich auf seinem Holzsitz so bequem wie möglich und schob sich den Admiralshut in die Stirn.

„Ich nehme erst mal eine Mütze voll Schlaf“, brummte er. „Döskopp!“, er blickte den dünnen Pichi streng an, „du übernimmst die erste Wache!“

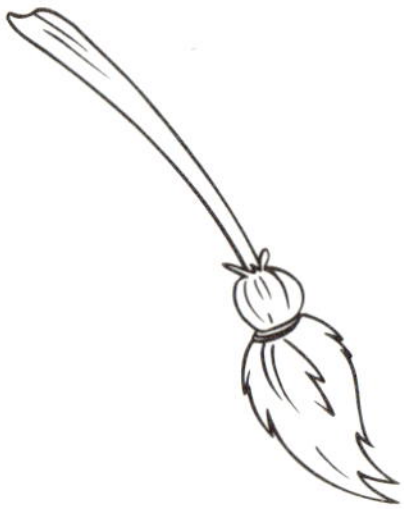

Die Polizei greift ein

In ihrer ersten Nacht in der Piratenburg legten sich alle in die bequemen Hängematten, die Bibi gehext hatte. Darin war es viel gemütlicher als in den normalen Betten. Während draußen am Strand die beiden Piraten in ihrem festsitzenden Boot hockten und abwechselnd die Schatztruhe bewachten, wiegten sich die Bewohner der Burg in ihren Hängematten und schliefen dem nächsten Tag entgegen.

Freddy war als Erster munter. Er trat auf den Balkon hinaus, um frische

Luft zu schnappen und ein wenig Frühsport zu treiben. Die Kanone, die Bibi hierher gehext hatte, fesselte seine Aufmerksamkeit. Die sah aus, als würde sie funktionieren. Vielleicht war sie auch geladen? Freddy trat näher an die Kanone heran, drehte hier an einem Rädchen, zog da an einem Griff. Schließlich entdeckte er einen sehr kleinen, unscheinbaren Hebel. Er drückte ihn hinunter … und schon ging die Kanone los! Eine gewaltiger Knall ertönte, Freddy stand in einer dunklen Qualmwolke, und auf dem angrenzenden Bauernhof machte es PLATSCH! Es war tatsächlich eine Kugel im Rohr der Kanone gewesen, und die hatte sich als Ziel einen Ententeich ausgesucht. Erschrocken schnatterten die Enten los und flatterten in alle Richtungen davon.

Aber auch die Besucher der Villa Nougat fuhren aus dem Schlaf hoch und fielen vor Schreck fast aus ihren Hängematten, als die Kanone losging. Bibi überblickte sofort die Situation. Blitzartig wurde ihr klar: So eine echte Kanone war kein Spielzeug für Ferienkinder. Sie musste schnellstens verschwinden. Bibi fiel sogleich ein passender „*Eene meene ungeschehn*"-Spruch ein, und im Nu löste sich die Kanone in Luft auf.

Der Kanonendonner hatte aber auch andere Leute aufgeschreckt, und so stand plötzlich ein Polizist vor der Tür der Villa Nougat, gerade, als sich die Besatzung der Piratenburg zum

Frühstück niederlassen wollte. Freddy ging zur Haustür und öffnete.

„Moin!", grüßte der Polizist und tippte an seine Schirmmütze. „Haben Sie das vorhin auch gehört? Das klang wie Kanonendonner."

„Ja, nicht wahr?", antwortete der Hausmeister mit dem unschuldigsten Gesicht der Welt. „Wir haben es auch gehört. Was war das?"

„Keine Ahnung." Der Polizist zuckte mit den Schultern. „Es muss irgendwo hier gewesen sein. Die Enten von Bauer Hinrichs sind von dem Krach ganz verrückt geworden."

„Komische Sache." Freddy ließ sich nichts anmerken.

„Na ja, dann gehe ich mal wieder", meinte der Polizist. Dann fiel ihm etwas ein: „Was ich noch fragen wollte: Haben Sie Besuch?“

„Ja, habe ich“, sagte Freddy diesmal wahrheitsgemäß. „Zwei Schüler aus Neustadt.“

„Schüler. Soso.“ Der Polizist überlegte. „Dann gehören die zwei komischen Typen also nicht dazu?“

„Welche Typen?“, fragte Freddy harmlos zurück.

„Sie sind mit einem Boot hier an Ihrem Strand gelandet“, gab der Polizist Auskunft. „Sie sind gestern schon aufgefallen, weil sie hier die Gegend unsicher gemacht haben.“

„Tja …“ Freddy hob bedauernd die Hände. „Das hier ist leider kein Privatstrand. Da darf jeder hin. Solange sich diese ‚Typen‘ nicht unerlaubt auf meinem Grundstück zu schaffen machen, kann es mir egal sein."

„Hrrmmpfh!" Der Polizist räusperte sich unzufrieden. Dann ging durch seinen Körper ein Ruck. Er setzte ein strenges Polizistengesicht auf und sagte: „Dann werde ich diesem Treiben mal gleich einen Riegel vorschieben und den beiden gründlich auf den Zahn fühlen."

Er machte kehrt und stapfte zum Strand. Dort kamen ihm prompt der dicke Bruno und der dünne Pichi entgegen. Sie trugen schwer an ihrer Schatztruhe und liefen dem Ordnungshüter direkt in die Arme.

„He, Sie! Was schleppen Sie denn da?", fragte der Polizist streng.

„Wer will das wissen?"

Pirat Bruno setzte die Kiste ab und nahm eine drohende Haltung ein.

„Polizeimeister Blaulicht. Und wer sind Sie beide, wenn ich fragen darf?"

„Piratenkapitän Bruno, der Dicke. Ist doch klar!", war die Antwort.

„Und der dünne Pichi, sein Adjutant. Auch klar!", ergänzte Pichi.

„Wollen Sie mich auf den Arm nehmen?", polterte der Polizeimeister los. „Ihre Ausweise bitte, meine Herren!"

„Ausweise?" Bruno blickte Pichi fragend an. Der zuckte nur mit den Schultern. „Kenn ich nicht."

„Na gut. Spielen wir das Spielchen mit." Der Polizist seufzte genervt. „Also, ich erkläre es Ihnen: Auch Piraten brauchen ein amtliches Stück Papier, einen Ausweis eben."

„Wir haben nur so Zettel aus Kisten“, erklärte der dünne Pichi mit naivem Gesichtsausdruck. „Wie viele brauchen Sie denn?“

„Mannomann! Das gibt’s doch nicht!“ Polizeimeister Blaulicht verlor allmählich die Geduld. „Wo wohnen Sie?“, fügte er barsch hinzu.

„In meiner Piratenburg!“, antwortete der dicke Bruno stolz.

„Natürlich. So wie Sie aussehen, werden Sie nicht aus einem Ritterschloss kommen.“ Der Polizist lächelte schief. „Hören Sie ... Vagabundieren ist auf der Insel Buddelsand verboten.“

„Wir sind keine Vagabunden!“, protestierte der dürre Pichi. „Wir sind Piraten! Nicht wahr, Bruno-Chef?“

Jetzt reichte es dem Polizisten.

„Sie kommen beide mit auf die Wache!“, befahl er in barschem Ton. „Dort werden sich Ihre Personalien ja feststellen lassen.“

Der dicke Bruno lief rot an im Gesicht und griff nach seinem Säbel. Es fehlte nicht viel, und er hätte sich mit lautem Piratengebrüll auf den Wachtmeister gestürzt. Da nahte zum Glück als rettender Engel Karla Kolumna, die zufällig das laute Gespräch der drei mitbekommen und den Ernst der Lage erkannt hatte.

Die Hexkraft ist weg!

„Hallöchen! Hallöchen!“, rief sie ganz außer Atem. Sie trat auf den Polizisten zu und setzte ihr zauberhaftestes Lächeln auf. „Wollen Sie gerade eine Amtshandlung vornehmen, Wachtmeisterchen? Da sind Sie aber, wie man hier sagt, auf dem falschen Dampfer. Aha-haha!“

„Wer sind Sie denn, bitte schön, wenn man fragen darf?“, meinte der Polizist.

„Kolumna. Karla Kolumna von der Neustädter Zeitung“, stellte sie sich vor und zückte ihren Presseausweis.

„Ich wollte Ihnen die beiden Herren entführen."

„Ach?" Polizeimeister Blaulicht verzog spöttisch den Mund. „Sie kennen diese … Herrschaften?"

„Natürlich, Wachtmeisterchen!", säuselte Karla. „Das sind unser Bürgermeister und sein Sekretär. Mit den beiden haben wir gestern einen … äh … Kindergeburtstag gefeiert, wissen Sie. Deshalb die putzige Verkleidung. Aha-ha-ha!"

Polizeimeister Blaulicht stand augenblicklich stramm.

„Na ja, wenn das so ist, dann nichts für ungut", sagte er mit markiger Stimme. Er legte grüßend die ausgestreckte Hand an seine Schirmmütze. „Empfehle mich, Herr Bürgermeister!

Herr Sekretär! Wünsche noch einen angenehmen Aufenthalt!"

Karla Kolumna atmete erleichtert auf, als der Polizist endlich verschwand. Puuh! Das war ja gerade noch mal gut gegangen.

„Kommen Sie, Bürgermeisterchen, Sie können im Haus weiter Pirat spielen", meinte sie zu dem dicken Bruno und hakte ihn unter. „Nehmen Sie die Kiste mit, die Sie beide ausgegraben haben. Wir wollen doch alle wissen, was drin ist."

Friedlich und ohne zu meckern packten der dünne Pichi und der dicke Bruno wieder an und schleppten die geheimnisvolle Nougat-Schatzkiste in die Piratenburg, die umgehexte Villa Nougat.

Alle waren schon sehr gespannt. Als Erster wollte sich Pirat Bruno an der Kiste zu schaffen machen. Pirat Pichi schleppte eine Werkzeugkiste herbei und holte Zange, Hammer und Feile heraus. Bibi aber wollte nicht, dass Gewalt angewendet wurde.

„Es wäre doch schade um das schöne Schloss", sagte sie. „Ich kann das viel besser: *Eene meene Dauerlauf, das Truhenschloss geht ganz schnell auf! Hex-hex!*"

Sternchen blitzten, Funken sprühten, und der schwere Deckel der Schatzkiste flog auf. Was die Versammelten nun sahen, überstieg alle ihre Erwartungen. Gold! Die Kiste war randvoll gefüllt mit Golddukaten!

Karla Kolumna zückte wieder ihren

Fotoapparat. „Sensationell!“, rief sie. „Morgenstunde hat Gold im Munde. Aha-haha! Wunderbar! Alle so stehen bleiben!“

Schnell machte sie ein Foto, bevor sich der dicke Bruno und der dünne Pichi auf die Kiste stürzten. Sie stießen begeisterte Schreie aus und wühlten mit beiden Händen in den Dukaten. Aber Bibi und den anderen kam die ganze Sache seltsam vor. Wieso hatte der Schokoladenfabrikant Norbert Nougat eine Kiste mit Golddukaten einfach am Strand vergraben? Das war doch purer Leichtsinn, und ein Geschenk für Ferienkinder war es auf keinen Fall. Was sollten die damit anfangen? Ja, wenn man die Taler wenigstens essen könnte …

Der dicke Bruno schien gerade den gleichen Gedanken zu haben. Nach alter Piratenart biss er misstrauisch auf einen Dukaten, um zu prüfen, ob es echtes Gold war. Da gab die goldene Hülle nach, und eine weiche, braune, süße Masse quoll hervor. Pirat Bruno schloss verzückt die Augen.

„Schokolade!“, rief er. „Das ist kein Gold, das ist Schokolade! Lecker!“

Er wollte nach einem zweiten Taler greifen, doch Bibi rief „Nichts gibt's!“ und klappte den Deckel der Truhe zu. „Die Schokotaler bleiben für die Schulkinder!“

Der dicke Bruno stieß einen lauten Schrei aus, denn vor lauter Gier hatte er nicht rechtzeitig die Finger zurückgezogen.

„Solange die Golddukaten reichen, werden sie für jede Gruppe neu verbuddelt, die in dem Ferienheim wohnt“, schlug Florian vor.

„He! Langsam!“, begehrte Bruno auf. „Der Boss hier bin immer noch ich!“

„Ruhe!“, übertönte Bibi die Streitenden. „Jetzt bin ich dran mit Reden!“

„Bruno-Chef!“, nölte der dünne Pichi. „Ich hab wieder nichts abgekriegt!“

Karla Kolumna fand auch, dass es jetzt reichte. Als Piraten waren die beiden zwar sensationell, aber nun war es genug mit dem Theater. „Hex sie zurück, Bibi“, sagte sie.

Bibi nickte. „In Ordnung. *Eene meene Drosselbart, seid wieder das, was ihr mal wart! Hex-hex!*“

Es war immer wieder lustig anzusehen, wie sich bei Bibis Hexereien die Personen verwandelten. Als wäre nichts gewesen, standen der Bürgermeister und sein Sekretär wieder in ihrer normalen Kleidung da. Nichts erinnerte mehr an die Piraten.

„Na also“, meinte Karla Kolumna zufrieden. „So gefallen Sie mir schon besser, Bürgermeisterchen.“ Sie wandte sich an dessen Sekretär: „Sie ebenfalls, Pichilein.“

Der Bürgermeister warf Pichler einen fragenden Blick zu. „Was will denn die Lady von mir? Und was soll das ewige Bürgermeister-Gelabere? Ich bin Pirat und bleibe Pirat. Hab ich recht, Döskopp?“

„Und ob, Bruno-Chef!“

„Und was heißt das?“

„Wir gehen auf Beutezug!!!“, rief Pichler begeistert.

„Sehr richtig.“ Der Bürgermeister blickte sich suchend um. „Hier müssen doch irgendwo ein Supermarkt und eine Sparkasse sein.“

„Die spielen ja immer noch Pirat“, stellte Karla verwundert fest. „Dein Hexspruch hat scheinbar nur halb gewirkt, Bibi. Versuch's noch mal.“

„*Eene meene Feuerwehr, ihr seid keine Piraten mehr! Hex-hex!*“

Nichts geschah. Was war denn los?

„*Hex-hex!*“, wiederholte Bibi. Doch kein Hexgeräusch ertönte, die Funken blieben aus, und kein einziges Sternchen blitzte auf. „Verflixt!“, rief Bibi verzweifelt. „Es geht nicht!“

„Das ist aber komisch“, wunderte sich der Hausmeister Freddy, der später hinzugekommen war und bis jetzt kein Wort gesagt hatte. „Du hast doch die ganze Zeit über gehext wie ein Weltmeister?“

Bibi blickte ihn betroffen an.

„Vielleicht gerade deshalb“, sagte sie betrübt. „Wenn ich mich bloß nicht überhext habe. Das wäre eine Katastrophe!“

Den Bürgermeister focht das alles gar nicht an. „Also, Leute, bis später!“, schmetterte er. „Kocht was Gutes. Nach einem Beutezug hat euer Bruno immer Kohldampf. Hohoho!“

Er packte seinen Sekretär am Arm und zog ihn mit sich fort. Hausmeister Freddy blickte den beiden nach, wie sie Arm in Arm auf den Ort zu marschierten und ein blutrünstiges Piratenlied sangen.

„Räubern die jetzt wirklich den Supermarkt aus?“, fragte er erschrocken.

„Leider“, musste Bibi zugeben. „Sie denken immer noch, dass sie waschechte Piraten sind.“

„So, wie die zwei sich anstellen, werden sie doch gleich geschnappt“, meinte Florian amüsiert.

„Ich sehe schon die Schlagzeile in der Zeitung“, spottete Karla. „Bürgermeister und sein Sekretär wegen Ladendiebstahls verhaftet. Aha-haha!“

Bibi jedoch war gar nicht zum Lachen zumute. Da war sie aber in einen dummen Schlamassel geraten. Sie hatte sich ganz eindeutig überhext. Wenn doch ihre Mutter da wäre, die könnte ihr bestimmt helfen.

Als sie noch so überlegte, was sie tun sollte, ertönte plötzlich ein ihr gut bekanntes Besenfluggeräusch, und gleich darauf landete *Baldrian* zu ihren Füßen, der Hexenbesen von Barbara Blocksberg. An seinem Stiel war ein Brief befestigt, den Bibi schnell abmachte, auseinanderfaltete und las.

„Und? Was schreibt deine Mutter?“, fragte Karla neugierig und versuchte, einen Blick auf den Brief zu erhaschen.

„Dass wir über alles reden, wenn ich wieder zu Hause bin“, antwortete Bibi verlegen.

„Was? Sonst nichts?“ Karla Kolumna war enttäuscht. Hatte Barbara ihren Besen geschickt, um das mitzuteilen?

„Nee. Sie hat mir außerdem einen Spruch für unsere beiden Piraten verraten." Bibi grinste erleichtert. Ein Stein war ihr vom Herzen gefallen. „Ich muss hoch in den Ausguck der Piratenburg. Von da oben wirkt der Hexspruch besser, weil ich nicht weiß, wo genau die beiden sind."

„Darf ich mitkommen?", bettelte Florian.

„Nein, Flori", meinte Bibi bedauernd. „Das ist einer von Mamis geheimen Hexsprüchen. Die dürfen nur Hexen hören."

Der Bürgermeister gibt klein bei

Der geheime Hexspruch aus Barbara Blocksbergs Sammlung klappte auf Anhieb. Der Bürgermeister und sein Sekretär ließen auf der Stelle ab von ihrem Raubzug zum Supermarkt, und als sie wieder in der Villa Nougat eintrafen, wussten beide nicht mehr, dass sie soeben noch Piraten gewesen waren. Natürlich stand auch wieder der Dienstwagen vor der Tür. Es war also alles in bester Ordnung, fand Bibi.

Der Bürgermeister allerdings hatte wie immer etwas zu meckern.

„Bibi Blocksberg!“, rief er und zeigte anklagend auf die vielen, von Bibi herbeigehexten Sachen im Inneren der Villa. „Hier ist ja immer noch alles in diesem unmöglichen Zustand!“

Bibi verzog das Gesicht. „Das Thema hatten wir doch wohl schon, oder?“, meinte sie verdrossen.

„Aber Bürgermeisterchen, lassen Sie den Kindern doch den Spaß“, kam ihr Karla zu Hilfe. „Sie müssen ja hier nicht wohnen.“

„Eben doch!“, trumpfte der Bürgermeister auf. „Für die Kinder gibt es schließlich die Baracke.“

„Ach, nein!“, meinte Karla Kolumna gedehnt. „Es ist phänomenal, wie man sich irren kann. So weit mir bekannt ist, steht in der Verfügung des

Herrn Nougat ausdrücklich, dass die Villa …“

„Ach was!“, unterbrach sie der Bürgermeister. „Verfügung hin, Verfügung her. Ich habe schließlich die gesamte Verwaltungsarbeit erledigt, und das war eine ganze Menge, Gnädigste.“

„Schrecklich! Mir kommen die Tränen“, erwiderte die Reporterin mit gespieltem Bedauern. „Aber nun passen Sie mal auf, mein Guter. Ich möchte Ihnen gern eine Geschichte erzählen. Die Geschichte von zwei Piraten, die auf der Insel Buddelsand ausgezogen sind, um einen Schatz zu heben …“

Das Gesicht des Neustädter Stadtoberhaupts wurde lang und länger und blass und blässer, als Karla in allen Einzelheiten berichtete, was die zwei Möchtegern-Piraten alles angestellt hatten. Der Bürgermeister wollte es einfach nicht glauben und stritt alles rundweg ab. Doch Karla Kolumna hatte noch ein Ass im Ärmel.

„Ich habe alles mit meinem Fotoapparat festgehalten“, sagte sie mit honigsüßer Stimme. „Der dicke Bruno und der dünne Pichi – die gefürchteten Piraten von Buddelsand.“

„Ach was! Papperlapapp!“, schimpfte der Bürgermeister. „Alles Hirngespinste, die Sie sich da ausdenken, Frau Kolumna!“

Karla wandte sich an Bibi. „Er glaubt es nicht. Tust du mir einen hexischen Gefallen, Bibi?“

Bibi zwinkerte ihr zu. „Gerne. Hab

schon kapiert, Frau Kolumna. *Eene meene Klingelschilder, hier sind die Piratenbilder! Hex-hex!*"

Bibi hatte offensichtlich ihre Hexkräfte wiedererlangt, denn Sternchen blitzten, Funken sprühten, und gleich darauf hielt sie dem ehemaligen Pirat ein paar Fotos unter die Nase.

„Nein!", stöhnte der Bürgermeister. „Das ist ja grauenhaft!"

„Hihi!", kicherte sein Sekretär Pichler, als er auch einen Blick darauf geworfen hatte. „Sie sind nicht schlecht getroffen, Chef. Richtig gefährlich sehen Sie aus."

„Und wie!", fand Karla. „Das sind sensationelle Schnappschüsse."

Der Bürgermeister hatte sich wieder gefangen. „Ich verbiete die Veröffent-

lichung dieser Bilder!", rief er im Befehlston. Doch da kam er bei Karla Kolumna an die Falsche.

„Bei uns herrscht Pressefreiheit, mein Lieber", erwiderte sie spitz. „Außerdem gebietet es mir meine Journalistenehre, dass ich wahrheitsgetreu berichte. Allerdings …" Sie sprach den Satz nicht zu Ende.

„Ja, was?", fragte der Bürgermeister, der neue Hoffnung schöpfte.

„Ich könnte ja aus Ihnen einen Helden machen", schlug Karla vor. „Schlagzeile: *Bürgermeister testet Abenteuerferien*. Aha-haha!"

Der Bürgermeister verzog das Gesicht. Dass sich die Reporterin über ihn lustig machte, fand er gar nicht komisch.

„Nein, mein Lieber, ich meine das völlig ernst“, betonte Frau Kolumna. „Sie haben das Piratenspiel mit der Schatztruhe extra ausprobiert, um sicher zu sein, dass die Kinder auch echten Ferienspaß haben werden.“

„Was habe ich?“ Der Bürgermeister war ein wenig schwer von Begriff. Doch dann fiel bei ihm der Groschen, und ein Lächeln erhellte sein Gesicht. „Aber natürlich!“, rief er begeistert. „Das ist eine tolle Idee. Das macht mir so schnell keiner nach.“

Da meldete sich Bibi noch einmal zu Wort.

„In dem Artikel muss auch noch stehen, dass unser Stadtoberhaupt die zünftige Piratenburg Nougat ganz entzückend fand“, sagte sie zu Karla.

„Und …“, sie wandte sich an den Bürgermeister, „dass er einen ersten Preis gestiftet hat für denjenigen, der am schnellsten die Treppengeländer-Rutsche der Piratenburg hinuntergezischt ist.“

Da konnte der Bürgermeister schlecht nein sagen, nach allem, was auf der Insel Buddelsand passiert war. Aber er nahm sich sogleich vor, nach seiner Rückkehr heimlich im Rathaus von Neustadt das Treppenrutschen zu üben. Es könnte ja sein, dass er es so gut lernte, dass er auch teilnehmen konnte und am Ende selbst den Treppengeländer-Piratenrutschen-Wettbewerb der Villa Nougat gewann.

Wie gesagt, es könnte ja sein …

BIBI BLOCKSBERG™

Das gestohlene Hexenkraut

Nach Ulli Herzog

Frau Kolumna ist verschnupft

Dic kleine Hexe Bibi Blocksberg war allein zu Hause und hatte es sich gerade mit einem spannenden Buch gemütlich gemacht, da klingelte es an der Haustür. Seufzend legte sie ihr Buch zur Seite und ging öffnen. Draußen stand Karla Kolumna, die rasende Reporterin der *Neustädter Zeitung*.

Sie wollte Bibi gerade mit einem fröhlichen „Hallöchen!“ begrüßen, aber es wurde nur ein verschnupftes „Hallö … Hatschiii!“ daraus.

„Hallo, Frau Kolumna!“, begrüßte

sie Bibi höflich. „Na, Sie hat es aber schwer erwischt."

„Das kann man wohl sagen", antwortete Karla, schniefte und putzte sich ausgiebig die Nase. „Mein Motorroller ist nicht geheizt. Hatschi!"

„Gesundheit!", wünschte Bibi voll Mitgefühl und sagte dann: „Kommen Sie schnell herein, sonst erkälten Sie sich noch mehr. Es ist allerdings niemand zu Hause. Mein armer Papi macht wieder mal Überstunden, und Mami ist auf einem geheimen Hexenkongress in Honolulu."

„Das ist ja sensationell!" Die Reporterin bekam große Augen. „Warum habe ich denn nicht davon erfahren?"

„Weil es ein geheimer Hexenkongress ist", erklärte Bibi.

„Na schön." Karla winkte ab. „Ist mir auch egal. So, wie ich mich fühle, hätte ich sowieso nicht mitfahren können. Nein, ist mir nicht egal. Ich wollte ja was von deiner Mutter. Etwas ganz Wichtiges!"

„Was denn?", fragte Bibi.

„Sie hat mir bei meinem letzten Schnupfen im Winter einen Erkältungstrunk angerührt, der war einfach sensationell! Der hat sofort geholfen. Aber wenn sie nicht da ist ...", meinte Karla bedauernd und schaute Bibi fragend an. „Oder können Hexen inzwischen Erkältungen weghexen? Vielleicht könntest *du* mir ja dann ... Ich meine ..."

„Nein, Frau Kolumna. Krankheiten weghexen, das geht nicht", sagte Bibi entschieden. „Aber ich darf an Mamis Kräuterbuch, wenn ich will. Ich soll sogar Rezepte ausprobieren, weil ich doch in Kräuterkunde nicht so gut bin."

Karla verzog das Gesicht und schaute skeptisch. „Sollten wir es dann nicht lieber sein lassen?"

„Ach, was!", meinte Bibi fröhlich. „So ein Erkältungstrunk ist doch Pipifax. Das mach ich mit links. Kommen Sie!"

Bibi ging voran, und Karla Kolumna folgte ihr in Barbara Blocksbergs Labor. Die Reporterin blickte sich neugierig um. So ein echtes Hexenlabor war doch immer wieder eine aufregende Sache. Nur schade, dass ihr Barbara Blocksberg strengstens untersagt hatte, in diesem Raum Fotos zu machen oder von ihrem Besuch in der Zeitung zu berichten.

Bibi trat sogleich an den Bücherschrank und nahm das dicke, alte Kräuterbuch heraus. Sie trug es zu dem Regal, wo ihre Mutter in Schalen, Gläsern und Fläschchen ihre Kräuter aufbewahrte. Die waren gepresst, getrocknet oder in Öl eingelegt. Karla Kolumna staunte. Da würde sie sich ja nie zurechtfinden!

„Überall steht drauf, was drin ist", erklärte Bibi. „Schön alphabetisch geordnet. Im Kräuterbuch muss man dann nur unter der entsprechenden Krankheit nachschauen. Was fehlt Ihnen denn, Frau Kolumna? Ich meine, was haben Sie denn genau?"

„Na, alles!“, erklärte Karla seufzend. „Schnupfen … Husten … Kopfschmerzen …“

„Also eine handfeste Erkältung!“, stellte Bibi fest. Sie blätterte das Buch durch. „Dann wollen wir mal nachschauen. Darmverstimmung … Durchfall … Erkältung … Erkältung! Hier! Dann las sie laut vor: „*Mische zu gleichen Teilen Essenzen folgender von Mond und Merkur regierten Pflanzen: Lindenblüten, Leberblümchen, Liebstöckel, Löwenzahn und Lungenkraut*. Na bitte, wunderbar!“

„Die fangen ja alle mit ‚L‘ an. Komisch“, meinte Karla.

„Das hat sicherlich auch eine Bedeutung, aber die kenne ich nicht“, antwortete Bibi beiläufig. Dann widmete sie sich der Medizin. Sie maß von jeder Zutat die gleiche Menge ab und rührte sie in einem Glaskolben zusammen.

„Tu noch ein bisschen Rettichöl hinein, wenn du welches hast, Bibi", bat Karla Kolumna. „Das war das Hausrezept meiner Großmutter gegen Husten."

„Von mir aus. Warum nicht?", meinte Bibi. „Rettich … Rettich …" Ihr Blick glitt suchend über das Regal. „Hier." Sie gab ein wenig von dem Öl dazu, rührte noch einmal um, füllte die Erkältungsmedizin in ein Glasfläschchen und stöpselte es zu. „So. Und jetzt noch über alles den richtigen Hexspruch."

„Ich denke, Hexerei bei Krankheit

geht nicht?“, wunderte sich Karla Kolumna.

„Ich hex ja nur, damit der Kräutertrunk besser wirkt. *Eene meene Wald und Flur, heil mit Kräften der Natur! Hex-hex!*“ Das Hexgeräusch ertönte, und gleich darauf reichte Bibi ihrer Patientin den Erkältungstrank.

„Wunderbar, Bibilein!“, freute sich die Reporterin. „Und wie viel muss ich davon nehmen?“

„Am Anfang einen Teelöffel unverdünnt …“ Bibi zählte an den Fingern auf. „Zehn Minuten später den zweiten. Und heute Abend einen Löffel davon in einer Tasse Schlaftee. Haben Sie noch welchen? Wenn wir schon hier sind, dann könnte ich Ihnen gleich …“

„Danke, Kindchen, nicht nötig." Karla Kolumna nahm das Fläschchen an sich. „Ich habe es nämlich furchtbar eilig, ich bin mit dem Bürgermeister zu einem Interview verabredet. Der wartet bestimmt schon." Sie musste plötzlich laut und kräftig niesen. „Hättest du vielleicht einen Löffel für mich?", fragte sie schniefend.

„Jetzt gleich können Sie die Medizin noch nicht nehmen", erklärte Bibi. „Die muss erst fünfzehn Minuten ziehen. Vorher wirkt sie nicht."

Karla blickte auf die Uhr. So lange konnte sie nicht warten. Fünfzehn Minuten würde sie bis zum Bürgermeister brauchen, dann konnte sie den Kräutertrank einnehmen. Sie bedankte sich herzlich bei Bibi, startete ihren Motorroller, wickelte sich einen dicken Schal um den Hals und brauste los in Richtung Rathaus.

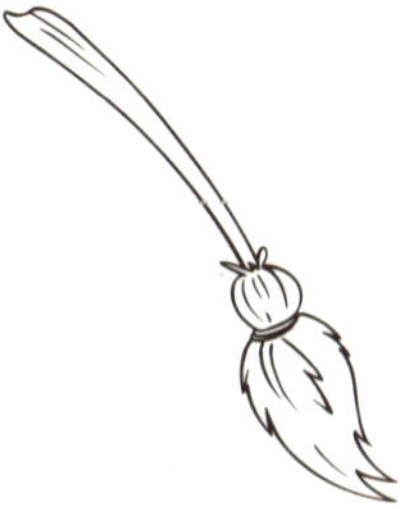

Medizin für den Bürgermeister

Der Bürgermeister erhob sich von seinem Schreibtischstuhl, als die Reporterin sein Arbeitszimmer betrat. Er wollte etwas sagen, aber er brachte nur ein kräftiges „Hatschiii!" heraus. Auch Karla Kolumna nieste lautstark. Dann fragten beide wie aus einem Mund: „Sind Sie etwa erkältet?"

Als Antwort sagten sie gleichzeitig: „Und wie!"

Karla Kolumna lächelte süßlich. „Bei Ihnen kann ich mich ja wohl kaum angesteckt haben, Bürgermeisterchen. Sie sind mir glücklicherweise in den letzten Wochen nicht in die Quere gekommen. Aha-haha!“

„Sparen Sie sich Ihre Scherze, Frau Kolumna“, schnaufte der Bürgermeister, ließ sich in seinen Stuhl zurückfallen und putzte sich geräuschvoll mit einem riesigen, karierten Taschentuch die Nase. „Ich bin schwer krank.“

„Ja, ja, mein Guter“, sagte Karla beschwichtigend und fügte dann verschmitzt hinzu: „Hat die liebe Mami Sie wieder nicht gut zugedeckt, hm?“

„Wenn das eine Interviewfrage sein sollte, dann verweigere ich die Antwort“, brummelte der Bürgermeister und nieste laut.

„Seien Sie froh, dass ich so ein netter Mensch bin“, fuhr Karla fort und zog Bibis Arzneifläschchen hervor.

„Ich spendiere Ihnen ein Löffelchen Wundermedizin. Ich komme nämlich gerade von den Blocksbergs."

Der Bürgermeister riss erschrocken die Augen auf und streckte die Arme abwehrend von sich. „Hexengebräu nehme ich nicht!", sagte er entschieden. „Das bringt nur Ärger." Dann ließ er sich aber doch überreden. „Na gut", meinte er seufzend. „Es kann ja nur noch besser werden. Geben Sie schon her … Pichler!!!"

Die Tür zum Vorzimmer ging auf, und Sekretär Pichler schaute ganz vorsichtig zur Tür herein. „Bürgermeister-Chef?"

„Bringen Sie zwei Löffel!"

„Teelöffel liegen da neben den Kaffeetassen", erklärte Pichler liebenswürdig. „Ich hatte alles für Frau Kolumnas Interview vorbereitet."

Karla bediente sich. „Sehr nett von Ihnen, Pichilein. Danke."

„Ach, Sie sind ja auch erkältet?", stellte der mitfühlend fest. „Mein herzliches Beileid."

„Danke. Vielleicht ist die Erkältung dank Bibis Medizin bald weg."

„Oh! Von Bibi?" Herr Pichler strahlte. „Die Medizin hilft sicher." Mit diesen Worten verließ er wieder das Zimmer. Karla Kolumna schraubte ihr Fläschchen auf, goss vorsichtig den Löffel voll und reichte ihn dem Bürgermeister.

„Hier bitte. Ein Löffelchen für Mami!", sagte sie freundlich. „Das für Papi kriegen Sie in zehn Minuten."

Der Bürgermeister hielt sich die Nase zu und schluckte gehorsam. Dann verzog er das Gesicht. „Igitt! Das schmeckt ja widerlich!“

„Medizin muss bitter sein, sonst hilft sie nicht“, stellte Karla Kolumna fest und nahm selbst einen Löffel voll davon. Sie schüttelte sich. „Brrr! Sie haben recht!“

Dann machte sie sich an die Arbeit. Sie setzte sich vor dem Schreibtisch des Bürgermeisters auf einen Besucherstuhl, holte Block und Stift hervor und begann mit ihren Fragen: „Heute Abend trifft der Maharadscha von Wischnipur zu einem offiziellen Besuch auf unserem Flughafen ein. Was haben Sie als Stadtoberhaupt zu Ehren des hohen Gastes geplant?“

Der Bürgermeister schaute zur Decke und erinnerte sich ... Es war noch gar nicht so lange her, da hatte Bibi mit Benjamin Blümchen, dem sprechenden Elefanten, und Karla Kolumna eine Reise nach Indien gemacht, zum Maharadscha von Wischnipur. Dessen weißer Lieblingselefant war entführt worden. Bibi und Benjamin hatten damals den Bösewicht entlarvt und den Elefanten wieder gesund zurückgebracht. Und nun kam seine Hoheit, der Maharadscha, zum versprochenen Gegenbesuch nach Neustadt.

„Also ...", begann der Bürgermeister, „zuerst halte ich am Flughafen eine große Begrüßungsrede. Dann werden die Gastgeschenke überreicht."

„Interessant.“ Karla Kolumna blickte von ihrem Schreibblock auf. „Was werden Sie seiner Hoheit schenken?“

„Ich was schenken?“ Der Bürgermeister bekam Stielaugen. „*Ich* bekomme doch was geschenkt. Ich bin doch schließlich so was wie der Maharadscha von Neustadt!“

„Hahaha!“ Karla konnte sich ein Lachen nicht verkneifen. „Vergessen Sie aber Ihren Turban nicht, wenn Sie zum Flughafen fahren, Bürgermeisterchen!“

ja, ja, ja, ja! Sie und Ihre Scherze!“ Der Bürgermeister verzog den Mund. Dann musste er kräftig niesen. „Ich glaube, jetzt ist der zweite Löffel Medizin fällig.“

„Selbstmurmelnd“, beeilte sich

Karla Kolumna zu sagen. Sie fand, dass sie auch eine weitere Dosis vertragen konnte, und goss die beiden Löffel voll. „Hier, einer für Sie … Und einer für mich."

Der Bürgermeister schluckte tapfer. Gleich darauf verzog sich sein Gesicht zu einem Strahlen. „Jaaa!", rief er begeistert. „Jetzt scheint das Zeug zu wirken! Mir wird ganz warm. Im Kopf, in der Nase, im Hals! Ist ja plima! Meine Elkältung wild bessel!"

Auch Karla Kolumna spürte eine Veränderung. „Bei mir tut sich auch was", stellte sie fest. „Sensationell, was diese Hexen alles können. Mir wird's auch schon ganz warm im Hals. Keine Kopfschmelzen mehl, und meine Heiselkeit ist velschwunden."

Der Bürgermeister blickte sie verdutzt an. „Wie splechen Sie denn plötzlich, Flau Kolumna?“

„Ich?“, fragte die Reporterin erstaunt zurück. „Sie splechen komisch. Ich dachte, vol lautel Fleude übel die gute Hexenmedizin leden Sie plötzlich wie ein kleines Kind.“

„Unvelschämtheit!“, polterte der Bürgermeister. „Wollen Sie mich auf den Alm nehmen? Können Sie kein ‚L‘ mehl splechen wie ein nolmalel Mensch?“

Da wurde Karla Kolumna fuchsig. „Hell Bülgelmeistel!“, rief sie empört. „Von Ihnen lasse ich mil nicht volschleiben, wie ich zu splechen habe. Sie sind es, del kein ‚L‘ splechen will!“

Da wurde es dem Bürgermeister zu dumm. „Pichlel!", rief er. „Pichlel!!!"

Die Tür zum Vorzimmer ging auf. „Bürgermeister-Chef?"

„Wie spleche ich?"

„Wie immer", antwortete der Sekretär ehrerbietig. „Laut. Und äh … ein bisschen komisch. Wie in der Kindersprache."

„Pichilein …", sagte Karla Kolumna so ruhig wie möglich, „jetzt hölen Sie mal zu, was ich Ihnen sage. Etwas mit ganz vielen ‚L's: Bül-gel-meis-tel!"

Sekretär Pichler verzog keine Miene. „Ein Wort mit ganz vielen ‚L's wäre zum Beispiel ‚Ballaballa' oder ‚Wolllappen', Frau Kolumna", antwortete er.

„Pichlel", sagte der Bürgermeister in strengem Ton und zeigte auf seinen

Schreibtisch. „Geben Sie mil das Diktielgelät und schalten Sie es ein."

Pichler tat, was von ihm verlangt wurde. Der Bürgermeister sprach nun laut und deutlich in das Mikrophon des Geräts: „Pichlel, schleiben Sie folgenden Blief an den Helln Balon von Zwiebelschleck ..."

„Ich auch bitte", sagte Karla und beugte sich zu dem Mikrophon. „Hiel splicht Kalla Kolumna, die lasende Lepoltelin auf ihlem Motollollel!"

Nun ließ der Bürgermeister das Band zurücklaufen und drückte die Wiedergabetaste. Klar und deutlich, wenn auch ein wenig verzerrt, war zu hören, was die beiden soeben gesagt hatten. Beide sprachen dabei jedes „R" wie ein „L" aus.

„Das ist ja sensationell katastlophal!“, stieß Karla Kolumna hervor.

„Sehl lichtig!“, ächzte der Bürgermeister. „Wolt für Wolt eine Katastlophe.“

„Wieso können wil plötzlich kein ‚L‘ mehl splechen?“, fragte sich Karla verzweifelt.

„Haben Sie beide nicht vorhin eine Medizin gegen Ihre Erkältung eingenommen?“, erlaubte sich Sekretär Pichler zu fragen.

„Natüllich!“, brüllte der Bürgermeister erbost. „Das ist es! Dieses Teufelszeug! Die kleine Hexe ist wiedel mal schuld!“

„Hach, Bibilein!“ Karla Kolumna ließ sich auf ihren Stuhl sinken. „Was hast du da bloß wiedel angelichtet?“

Einige Sekunden lang herrschte Schweigen im Amtszimmer. Dann sagte der Bürgermeister mit vor Wut zitternder Stimme: „Pichlel! Schaffen Sie mil sofolt Bibi Blocksbelg hel!“

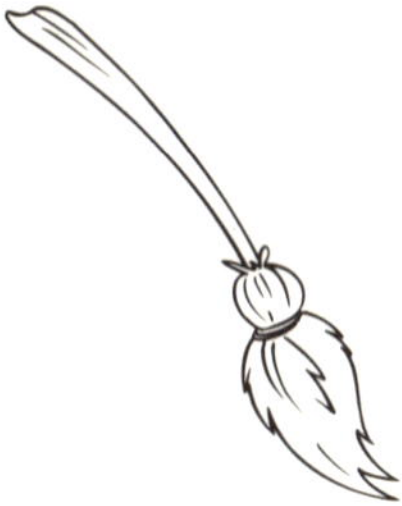

Die „Katastlophe“

Sofort nach Herrn Pichlers Anruf holte Bibi ihren Hexenbesen Kartoffelbrei hervor, setzte sich darauf und düste auf dem kürzesten Weg zum Rathaus. Was der Sekretär des Bürgermeisters gerade vorhin am Telefon erzählt hatte, klang recht beunruhigend. Deshalb hatte Bibi es auch sehr eilig und bremste vor der Landung zu spät ab. So kam es, dass sie nicht auf dem Fensterbrett vor dem Amtszimmer des Bürgermeisters landete, sondern durch die geschlossene Scheibe krachte. Der Bürgermeister, sein

Sekretär und Karla Kolumna schrien erschrocken auf.

„Bibi Blocksbelg!“, schnauzte der Bürgermeister sie an. „Das ist schon das fünfte Mal in diesem Jahl!“

„Aber das erste Mal in diesem Monat“, erwiderte Bibi pfiffig. Dann aber machte sie doch ein zerknirschtes Gesicht. „Entschuldigung, das hexe ich wieder ganz. Es ist in der Eile geschehen. Was ist denn passiert?“

„Wil haben das ‚L‘ vellolen, wil können nicht mehl lichtig splechen“, sagte Karla ein wenig kläglich.

„Hex sofolt wiedel alles wie es wal“, forderte der Bürgermeister sie auf.

Bibi musste sich das Lachen verkneifen. „Das klingt ja lustig“, meinte sie. „Marita und ich haben gestern aus

Spaß auch so gesprochen: *Teuelste Fleundin Malita, wollen wil im Palk eine Lunde dlehen*? Hihihi!“

„Das ist kein Spaß, Bibi“, sagte Sekretär Pichler eindringlich. „Die beiden sprechen die ganze Zeit schon so.“

„Ja, seit wil deinen Kläuteltlank eingenommen haben“, erklärte Karla. „Del Bülgelmeistel hat auch zwei Löffelchen davon bekommen.“

„Hätte ich nul ‚nein‘ gesagt!“, jammerte der Bürgermeister. „Hätte ich nul ‚nein‘ gesagt!“

„Nun verzagen Sie mal nicht gleich“, meinte Bibi und klopfte ihm tröstend auf die Schulter. „Ich hexe alles wieder so, wie es war. *Eene meene Hackebeil, Fensterglas sei wieder heil! Eene meene alter Herr, ‚L‘ sei wieder ‚R‘! Hex-hex!*“

Das Hexgeräusch ertönte, doch es machte nur einmal „Pling!“. Niemandem fiel es auf, auch Bibi nicht. Alle freuten sich, dass die Fensterscheibe wieder ganz war.

„Endlich kann ich wiedel lichtig splechen“, freute sich der Bürgermeister.

„Verzeihung, Bürgermeister-Chef“, wandte Pichler ein. „Das können Sie leider nicht.“

„Abel es ist doch alles paletti!“, freute sich Karla. „Bei mil gibt es doch keine Plobleme, odel?“

„Leider doch, liebe Frau Kolumna“, bedauerte Herr Pichler.

„Das verstehe ich nicht!“ Bibi zog die Nase kraus. „Das war doch ein ganz normaler Hexspruch.“

„Dann nimm eben einen andelen!“, verlangte der Bürgermeister. „Abel dalli!“

Sofort sagte Bibi einen zweiten Hexspruch: *„Eene meene null und nichtig, die beiden sprechen wieder richtig! Hex-hex!“*

Doch kein „Hex-Plingpling“ ertönte. Diesmal merkte es Bibi sofort. Aber vielleicht hatte es ja trotzdem geklappt. „Sagen Sie mal ‚Riesenrad‘“, forderte sie den Bürgermeister auf.

„Lie-sen-lad …“, sagte er zögernd.

Bibi seufzte. Mehr fiel ihr nicht mehr ein. Leider. „Vielleicht sprechen Sie beide wieder normal, wenn die Erkältung vorbei ist“, meinte sie tröstend.

„So lange kann ich abel nicht walten,

Bibi Blocksbelg!“, empörte sich der Bürgermeister. „Die Stadt bekommt allelhöchsten Besuch. Wie soll ich den beglüßen? Soll ich etwa zu ihm sagen: ‚Mahaladscha von Wischnipul‘? Das wäle doch peinlich!“

Bibi fand das gar nicht und musste schmunzeln.

„Kindchen, nimm das nicht so leicht“, ermahnte Karla Kolumna sie. „Fül mich als Lepoltelin ist es auch eine Katastlophe. Ich veltlete bei del Ankunft nämlich meinen Kollegen Mike Miklo vom Neustädtel Lundfunk.“

Die Situation war alles andere als lustig, trotzdem kicherte Bibi leise in sich hinein. Der Bürgermeister sollte von ihr aus ruhig noch eine Weile komisch daherreden, aber die nette Karla hatte das nicht verdient. Was also sollte sie machen?

„Ich vellange, dass du alle Hexsplüche ausplobielst, die in Flage kommen!“, befahl der Bürgermeister. „Sonst lasse ich dich einspellen!“

„Nun halten Sie mal die Luft an!“ Karla brachte den Bürgermeister mit einer Handbewegung zum Schweigen. „Das Hexen funktionielt nicht … Kannst du nicht mal mit deinel Muttel telefonielen?“, wandte sie sich Hilfe suchend an Bibi.

„Nein, völlig unmöglich.“ Bibi schüttelte den Kopf. „Sie wissen ja: Geheimer Hexenkongress.“

„Und Flau Mania, die Obelhexe?“, hakte Karla nach.

„Tante Mania lacht mich aus, wenn ich ihr erzähle, was los ist. So was interessiert sie nicht.“

„Und was ist mit deinel Tante Amanda?“ Karla Kolumna gab nicht auf.

„Ja.“ Bibi schöpfte Hoffnung. „Die ist die Einzige, die uns jetzt helfen könnte.“

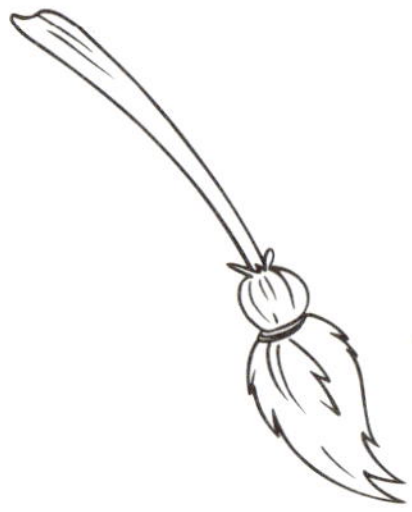

Des Rätsels Lösung

Amanda und Bibi trafen sich kurze Zeit später. Amanda hatte am Telefon erst einmal herzlich lachen müssen, als Bibi ihre Geschichte erzählte. Aber sie begriff auch, dass Bibi in der Klemme steckte und war sofort gekommen. Nun standen die beiden in Barbara Blocksbergs Hexenlabor beieinander, und Amanda ließ sich erklären, was Bibi genau gemacht hatte. Sie prüfte das Rezept nach und begutachtete noch einmal die Fläschchen mit den Kräuteressenzen.

„Genau fünf. Das ist richtig“, stellte

sie fest. „Alle mit ‚L‘, weil die Lindenblüte das wichtigste Kraut gegen Erkältung ist. Tja, ein typisches L-Rezept. Was macht eigentlich das Rettichöl hier?“

„Das wollte Frau Kolumna noch reinhaben in die Mischung. Das hätte ihre Großmutter bei Erkältungen immer verwendet.“

„Das genau ist der Fehler, Bibi-Schätzchen!“ Amanda schlug die Hände zusammen. „Du kannst doch eine reine L-Mischung nicht mit einem R-Kraut verderben. Rettichöl ist sicher gut gegen Husten, aber dann musst du eine reine R-Mischung zusammenstellen.“

Bibi schaute zerknirscht. „Können wir nicht alles rückgängig machen,

Tante Amanda?", fragte sie kleinlaut. „Was meinst du?"

„Ach Kindchen!" Amanda seufzte. „Medizin macht man doch nicht rückgängig. Die Wirkung muss fließen. Und sie fließt ja bereits. Du hast gesagt, die Erkältung bei den beiden hat seitdem nachgelassen."

„Schon", meinte Bibi, „aber die Sprache! Und der Besuch des Maharadscha heute Abend. Ich bin doch schuld an der ganzen Sache. Ich mache mir solche Vorwürfe."

„Gut, dann werden wir die alte Mania fragen", schlug Amanda vor. „Die ist die größte Kräuterfrau, die ich kenne."

„Meinst du, sie kommt deswegen her?", fragte Bibi.

„Nein.“ Amanda schüttelte den Kopf. „Die Hexe Mania lässt man nicht kommen. Da muss man sich schon selbst auf den Weg machen.“

Die uralte Oberhexe Mania wohnte ganz allein mit zwölf Eulen, zwölf Raben und ebenso vielen Katzen in einem kleinen Hexenhäuschen auf einer Lichtung im Wald hinter den Finsterbergen.

Zu dem Haus führten keine Wege. Wer Mania besuchen wollte, der musste mit dem Besen anreisen. Das Haus war alt, mit vielen prächtigen Wildblumen drum herum und einem Hexenkräutergarten, auf den Mania sehr stolz war.

Vom Haus der Blocksbergs flogen Bibi und Amanda nach Osten über den Fluss, über den Neustädter Forst, weiter über die Berge. Ein Stück hinter den Bergen lag in einer Talsenke in einem Naturschutzgebiet Manias Haus. Schon von Weitem sahen die beiden Hexen, wie sich zwischen den dunklen Bäumen eine weiße Rauchwolke emporkräuselte.

Langsam ließen Bibi und Amanda ihre Besen niedriger fliegen und gaben dann das Kommando zur Landung. Elegant kamen Kartoffelbrei und Amandas Lumpazi direkt vor der Haustür zum Halten.

„Ich habe immer ein bisschen Angst vor Tante Mania“, gestand Bibi.

„Das kenne ich“, beruhigte sie Amanda. „Sie war auch meine Lehrerin in Kräuterkunde. Mania ist zwar sehr streng und unnahbar, aber herzensgut."

Das wusste Bibi von ihren vielen Begegnungen mit der alten Mania. Also fasste sie sich ein Herz und klopfte an. Kurz darauf fragte eine krächzende Stimme von innen: „Knusper, knusper, knäuschen, wer klopft da an mein Häuschen?"

„Immer noch die uralte Hexenbegrüßung!" Amanda schmunzelte und antwortete mit kräftiger Stimme: „Wir sind's. Amanda und Bibi."

Langsam wurde von innen die Tür geöffnet, und Mania trat heraus. „Was wollt ihr?", fragte sie.

„Es geht um Kräuterrezepte", ergriff Amanda das Wort. „Wir haben da ein Problem."

Mania musterte ihre Besucherinnen. „So, wie ihr ausseht, hat wohl nur Bibi ein Problem. Stimmt's?" Bibi nickte. „Na gut, dann kommt mal rein."

Sie betraten das Haus und folgten der alten Mania ins Wohnzimmer. Bibi und Amanda setzten sich, und dann erzählte Bibi ausführlich, was ihr mit dem Erkältungstrunk ihrer Mutter passiert war und dass Karla und der Bürgermeister kein „R" mehr sprechen konnten.

„Na und?", meinte Mania trocken. „Lass sie zappeln. Morgen sprechen sie wieder normal."

„Aber der Bürgermeister erwartet heute noch hohen Besuch: den Maharadscha von Wischnipur", wandte Bibi ein.

„Na und?“ Mania blieb ungerührt. „Der neugierigen Maus von der Presse gönne ich das, überall steckt sie ihre Nase hinein. Und der Dicke aus dem Rathaus kann auch eine Lektion gebrauchen.“

„Nun sei doch mal ein bisschen netter!“ Amanda zwinkerte ihrer Hexenschwester zu. „Schließlich hat unsere Bibi da was verpatzt.“

Mania schürzte die Lippen. „Hättest du im Kräuterunterricht aufgepasst, dann wäre dir das mit dem Rettichöl nicht passiert.“

„Ja, Tante Mania“, sagte Bibi artig. „Kann man jetzt trotzdem was ändern?“

Mania nickte.

„Ist es kompliziert?“

„In der Natur ist nichts kompliziert“, antwortete die alte Hexe. „Auch wenn das manchmal so aussieht. Kommt mit in meine Hexenküche. Wir beide“, sie blickte Amanda an, „halten uns aber heraus. Bibi bekommt jetzt etwas zu tun, schließlich hat ja sie die Sache verbockt.“

Von Manias Hexenküche wusste jede Hexe, die schon einmal dort war, etwas anderes zu berichten. Sie war ein geheimnisvoller Ort, von dem sich besonders die Junghexen die wildesten Geschichten erzählten: Geschichten von grauslichen Totenköpfen, fetten Kröten und schwarzen Ratten in Käfigen und einer riesigen Eule, die über allem wachte.

Auch Bibi hatte davon gehört und

betrat ein wenig ängstlich den Raum. Doch dann atmete sie erleichtert auf. Statt der Totenköpfe gab es nur ein Skelett, wie es auch in Bibis Schule stand, von Kröten und Ratten war keine Spur zu entdecken, und statt der Rieseneule hockten zwölf kuschelige Eulen nebeneinander auf einer Stange. Mania trat zu den Vögeln und gab jedem von ihnen ein freundliches Wort und ein Extrakörnchen. Unterdessen sah sich Bibi um. Überall in Regalen und auf Kommoden und Tischen standen Körbe und Schalen mit Kräutern, Pilzen und geheimnisvollen Wurzeln.

Mania trat an das Regal, in dem sie Heilkräuter aufbewahrte, und schaute prüfend die vielen Fläschchen an.

Dann wandte sie sich an Bibi und Amanda und sagte: „Also, es ist so … wir brauchen die Gegenmischung. Die fünf wichtigsten R-Kräuter mit einem L-Kraut."

„So einfach ist das?" Bibi war verblüfft.

„Darauf wäre ich nie gekommen", meinte Amanda.

„Ihr denkt eben zu kompliziert", stellte Mania fest. „Ich sage ja, die Natur ist viel gradliniger." Dann schlug sie einen strengen Ton an: „Welches sind die wichtigsten R-Kräuter, Bibi?"

Bibi überlegte. Sie blickte zur Decke, als stünde dort die Antwort. „Äh, Rettich …", begann sie, „Rosmarin …"

„Raute …", flüsterte ihr Amanda zu, „Ruprechtskraut …"

Mania blickte sie vorwurfsvoll an, und Amanda war still.

„Raute …“, wiederholte Bibi, „Ruprechtskraut … und … und …“

„Und?“, fragte Mania ein wenig ungeduldig. „Das schönste der Kräuter, die hundertblättrige …? Na?“

„Die hundertblättrige Rose?“, antwortete Bibi auf Verdacht.

„Natürlich, die Rose. Ein ganz wichtiges Hexenkraut. Ihre Blütenblätter helfen gegen … Amanda?“

„Gegen Heuschnupfen, Sonnenbrand, Durchfall“, antwortete Amanda brav wie eine Schülerin. „Und sie machen schön.“

Mania nickte zufrieden. „So, Bibi“, wandte sie sich an die kleine Hexe, „daraus machst du jetzt die gleiche

Mischung, wie es in dem Hexbuch deiner Mutter steht. Und als L-Kraut kommen Lindenblüten hinein."

Dann ließ sie Bibi allein die Kräuter mischen, fütterte noch einmal ihre Eulen und hielt ein Schwätzchen mit Amanda. Bibi räusperte sich, als wollte sie etwas sagen, aber Mania verstand es falsch.

„Bist du fertig?", fragte sie freundlich. „Na, dann lass mich doch mal probieren.

Sie roch an der Medizin und nippte daran. „Hast du Probleme mit der Rose?", fragte sie. Bibi verneinte. „Warum rieche ich dann kein Rosenöl?"

„Ich hab's nicht gefunden", meinte Bibi achselzuckend.

„Dann frag doch, Bibi!“ Amanda war leicht ungeduldig. „Mania weiß bestimmt, wo es steht.“

Aber dort, wo es normalerweise im Regal stand, war kein Rosenöl. Mania wunderte sich. So alt war sie nun auch noch nicht, dass sie einfach das Rosenöl verschlampte.

„Kein Problem. Wenn hier keins ist, ich habe noch welches zu Hause“, bot sich Amanda an, „und bei Barbara im Labor steht bestimmt auch noch ein Fläschchen.“

Doch Mania war überzeugt, dass es da sein musste. „Ich frage mal meine Hexenkugel“, sagte sie und nahm die Kugel in die Hand. „*Eene meene Aprikose, zeige mir das Öl der Rose! Hex-hex!*“

Auf einmal erschienen in der Kristallkugel prächtige Rosenblüten, so viele, als wollten sie die Kugel sprengen. Die Blätter waren wunderschön anzusehen, auch Amanda und Bibi fanden das, aber Mania schüttelte enttäuscht ihren Kopf.

„Eigentlich müsste ich jetzt in der Kugel sehen können, wo das Fläschchen mit dem Öl steht“, sagte sie.

„Das ist merkwürdig“, pflichtete ihr Amanda bei. „Warum verdecken lauter Blüten das richtige Hexenkugelbild?“

„Irgendwas ist hier faul“, vermutete Mania. „Es gibt nichts Ehrlicheres als eine Hexenkugel, sie zeigt immer die Wahrheit.“

„Dann will jemand etwas verbergen“, meinte Amanda.

„Vielleicht hat dieser Jemand das Rosenöl gestohlen?“, fragte Bibi.

Mania nickte bedächtig. „So muss es wohl sein.“

Wer hat das Rosenöl geklaut?

Da sich bei Mania nichts mehr ausrichten ließ, nahmen Amanda und Bibi das Fläschchen mit der unfertigen Mischung und flogen in die Stadt zurück. Zuerst schauten sie in Amandas Labor nach, doch auch dort war kein Rosenöl zu finden. Anschließend suchten sie in Barbara Blocksbergs Labor. Auch hier hatten sie keinen Erfolg. Amanda griff zum Telefon und rief erst in der Apotheke, dann in der Parfümerie an und fragte nach Rosenöl. Selbst dort musste man bedauern: Alle Vorräte an Rosenöl waren in den letzten Tagen auf gar rätselhafte Weise verschwunden!

Enttäuscht und genervt legte Amanda den Hörer auf. In der nächsten Sekunde klingelte das Telefon. Bibi nahm ab und meldete sich.

„Habt ihl schon was elleicht, Bibi?“, wollte Karla Kolumna am anderen Ende der Leitung wissen.

„Leider nicht“, seufzte Bibi. „Es gibt da ... äh ... gewisse Probleme.“

Einen Moment lang schwieg Karla. Dann fragte sie mit hoffnungsvoller Stimme: „Abel Flau Amanda und du, ihl schafft es doch bis heute Abend?“

„Bestimmt“, versicherte Bibi. Es klang aber nicht sehr überzeugend. „Wir schaffen es.“ Sie nickte Amanda zu. „Nicht wahr, Tante Amanda?“

„Ja, ja“, war die Antwort, doch es klang ebenfalls wenig überzeugend.

Der Bürgermeister wurde allmählich nervös. Es war jetzt bereits drei Uhr nachmittags, und um sechs sollte die Maschine des Maharadschas landen. Für alle Fälle hatte Sekretär Pichler eine Begrüßungsrede für den hohen Gast aus Indien ausgearbeitet, in dem keine Wörter mit „R“ vorkamen. Das war sehr schwierig, und manchmal musste er das „R“ einfach weglassen.

Er überreichte seinem Chef den Entwurf der Rede, und der Bürgermeister las laut: „Gnädigste Exzellenz! Ich bin glücklich, Sie in Neustadt zu empfangen … Na also, es funktionielt doch!“, freute er sich. Dann fuhr er fort: „Neustadt, die Heimat von Benjamin Blümchen und Bibi Blocksbelg. Wi begüßen Sie mit einem deifachen Hua, Hua, Hua!“ Er blickte seinen Sekretär misstrauisch an. „Was soll denn das heißen?“

„Na, Hurra, Hurra, Hurra!“, antwortete Pichler freundlich. „Das machen Sie doch immer so.“

„Abel doch diesmal nicht, Sie Schwachkopf!“, brüllte der Bürgermeister genervt. Dann ließ er sich erschöpft in seinen Arbeitsstuhl sinken. „Wo bleibt bloß diese Bibi Blocksbelg?“

Bibi hielt sich immer noch mit Tante Amanda in Barbara Blocksbergs

Hexenlabor auf. Auch die alte Mania hatte sich hinzugesellt. Wenn die ihr Hexenhaus verließ und sich in die Stadt begab, dann musste schon etwas sehr Wichtiges passiert sein.

„Überall ist das Rosenöl gestohlen worden", berichtete sie.

„Wer macht denn so was?", fragte Bibi empört. „Eine Gangsterbande?"

„Nein, Kind", erwiderte Mania. „Gangster hinterlassen Spuren. Das war mit Sicherheit eine Hexe!"

„Was? Eine Hexe?", riefen Bibi und Amanda wie aus einem Mund.

Wieder nickte Mania. „Das Schlimme dabei ist, sie hat einen verbotenen Spruch benutzt. Denn durch Hexerei zu stehlen, ist ein übles Vergehen."

„Aber wofür braucht sie so viel

Rosenöl?“, fragte Bibi. „Es gibt doch auch andere Kräuter für die Erkältungsmischung.“

„Rosenöl macht auch schön“, erinnerte Mania sie. Jetzt verstand Bibi. Sie überlegte, wer in Frage kommen könnte.

„Flauipaui kämmt sich immer ausgiebig, weil sie schön sein will“, fiel ihr ein.

„Ähhh!“, meinte Mania abfällig. „Warum sollte eine Junghexe so viel Rosenöl stehlen?“

„Weil es duftet wie ein kostbares Parfüm“, meinte Amanda.

Da hatte Bibi auf einmal eine Idee: Sie könnten ja mal in der Hexenkugel ihrer Mutter nachschauen, was die anderen Hexen gerade so machten.

Mania war dafür, auch wenn sie Bibi vorsorglich ermahnte: „Denk dran: Eine Hexenkugel ist kein Fernseher!"

„Weiß ich, Tante Mania", sagte Bibi. „Aber ich habe den Spruch schon."

Sie nahm die Hexenkugel ihrer Mutter von ihrem Platz und sagte einen Hexspruch: *„Eene meene heute, gestern, zeige mir die Hexenschwestern! Hex-hex!"*

Es machte zweimal „Plingpling!", die Kugel leuchtete hell auf, gab einen leisen, singenden Ton von sich, und wie auf einem Bildschirm war die Punkerhexe Schubia zu sehen. Sie saß auf ihrem getunten Hexenbesen Kawakasi, flog damit durch die Straßen von Neustadt und ärgerte die Autofahrer. Mania fand das sehr rücksichtslos und wollte gerade losschimpfen, da erschien bereits das nächste Bild: die alte Runzia, eine Uralthexe. Sie saß in ihrem wuchtigen Ohrensessel und schnarchte leise vor sich hin.

„Die reine Unschuld!", lachte Amanda. „Wen haben wir denn noch? ... Wie wäre es mit Zickia?" Bibi schaute sie fragend an. „Male mit den Fingern ein Z über der Hexenkugel, dann können wir sie sehen."

Bibi tat, was Amanda gesagt hatte, und sogleich erschienen in der Kristallkugel prächtige Rosenblüten. Sie schienen fast überzuquellen und die Kugel zu sprengen. Es war dasselbe Bild, das in Manias Kugel zu sehen gewesen war.

„Zickia also!", stieß Mania hervor.

„Wer ist denn Zickia?“, fragte Bibi.

Amanda und Mania warfen einander vielsagende Blicke zu. Dann klärte Amanda Bibi auf: „Die Hexe Zickia? Du kennst sie nicht? Nun, ihr Alter wissen wir nicht, aber seit zwanzig Jahren behauptet sie, dass sie dreißig ist. Sie hat die Haare blond gefärbt, ihren Mund immer knallrot geschminkt und trägt große, auffällige Ohrringe. Ihr Besen hört auf den Namen ‚Heckmeck‘. Zickia ist hochnäsig und sehr eitel. Sie hält sich für die schönste Hexe weit und breit. Sie wohnt in einem Spiegelhaus hinter dem großen Wald.“

„Was ist denn ein Spiegelhaus?“, fragte Bibi.

„Ein Haus völlig aus Glas“, erklärte

Amanda. „Es hat innen überall Spiegelwände.“

„Ganz aus Glas?“ Bibi runzelte die Stirn. „Da kann ja jeder reingucken. Da kann man ja nicht mal in Ruhe herumlümmeln.“

Amanda lachte. „In solch einem Spiegelhaus möchte ich auch nicht wohnen“, sagte sie. „Ich will mich doch nicht pausenlos sehen.“

„Ist Zickia denn so schön?“, fragte Bibi.

„Also, in der Schule damals war sie wirklich die Schönste“, antwortete Amanda. „Sie war auch die Erste, die sich schminken durfte.“

„Sie war keine schlechte Schülerin“, ergänzte Mania. „Vor allem Spezialhexsprüche beherrschte Zickia.“

„Wie hat sie denn das mit den vielen Rosenblüten in der Hexenkugel gemacht?", wollte Bibi wissen.

„Mit einem verbotenen Spruch!", antwortete Mania erzürnt. Dann hob sie den Zeigefinger wie in der Schule und erklärte in belehrendem Ton: „Aber eine Hexe hat sich so zu verhalten, dass sie über ihre Hexenkugel jederzeit zu erreichen ist!"

„Warum denn?", fragte Bibi.

„Es könnten ja Notfälle eintreten, oder auf dem Hexenberg werden plötzlich Sonderversammlungen einberufen", erklärte Mania.

Bibi nickte. Dann fragte sie, was sie die ganze Zeit schon fragen wollte: „Können wir ihr das geklaute Rosenöl nicht wieder weghexen?"

Mania schüttelte bedauernd den Kopf. „Das habe ich schon probiert. Es geht nicht."

„Na, dann müssen wir uns das Rosenöl eben selbst holen!", rief Bibi beherzt.

„Tut das", stimmte Mania zu. „Aber ohne mich. Doch ich werde euch über meine Hexenkugel im Auge behalten."

Die zickige Zickia

Eine ganze Weile schon flogen Amanda und Bibi auf ihren Hexenbesen, da sah Bibi unten auf der Erde etwas glitzern, glänzen und spiegeln. Sie war sich sicher: Das musste Zickias Spiegelhaus sein.

„Lass uns vorsichtig anfliegen“, riet Amanda. „Sie muss uns ja nicht gleich sehen.“

„Kein Problem!“, meinte Bibi und sagte einen Hexspruch: *„Eene meene Sonderzug, Besen fliegt im Flüsterflug! Hex-hex!“*

Sie näherten sich fast geräuschlos

dem Spiegelhaus. Amanda deutete nach unten und rief Bibi leise zu: „Wir landen da vorne hinter den Büschen!" Dann sagte auch sie einen Hexspruch: *„Eene meene Brandung, setzt an zur leisen Landung! Hex-hex!"*

Die beiden Besen gingen tiefer und setzten die Hexen wohlbehalten bei Zickias Haus ab.

„Poooh! Das ist ja irre!", stieß Bibi hervor. „Nur Glas. Man kann alles im Haus sehen, wie in einem Schaufenster."

„Da drin sind noch mehr Spiegel als früher", stellte Amanda kritisch fest. „Ich verstehe nicht, dass sie ihren Anblick überhaupt noch ertragen kann. In hundertfacher Spiegelung!"

„Siehst du sie?", fragte Bibi und versuchte im Inneren des Hauses etwas zu erkennen.

„Nein. Drin ist sie nicht.“

Sie gingen vorsichtig um das Haus herum, bis sie in den Garten kamen. Hier saß Zickia auf einer Gartenbank und hielt das Gesicht in die Sonne.

„Uhhh!“, meinte Bibi leicht angewidert. „Das soll die schöne Zickia sein?“

„Ich war früher immer ein wenig neidisch auf sie“, meinte Amanda und ging auf die Bank zu. Bibi folgte ihr. „Hallo, Zickia! Du hast Besuch!“, rief Amanda betont fröhlich.

„Weg da! Du machst einen Schatten!“, rief Zickia schnippisch. „Ich brauche noch zwei Minuten Sonne auf dem linken Ohr.“

„Dafür hast du nachher noch Zeit“, erwiderte Amanda ruhig.

„Hach! Ich wollte doch überall gleichmäßig braun werden!“, jammerte Zickia. Dann aber wurde sie ernst. „Na gut. Hallo, Amanda. Nett, dich zu sehen. Und wer ist die Kleine neben dir?“

Bibi stellte sich vor.

„Ach, die Tochter von Barbara“, sagte Zickia. „Lass dich mal anschauen. Na ja, ich war in deinem Alter hübscher.“

„Das ist mir egal“, entgegnete Bibi kühl und kam dann auf den Grund ihres Besuches zu sprechen: „Sag mal, hast du überall das Rosenöl gestohlen?“

„Gestohlen?“, rief Zickia. „Was für

ein hässliches Wort. Ich habe es weggehext."

„Das ist genauso verboten!", rief Bibi empört. „Wir brauchen das Rosenöl!"

Zickia zuckte mit den Schultern, was so viel hieß wie: Tut mir leid. Jetzt habe ich es.

„Was willst du mit dem vielen Öl?", fragte Amanda nach. „Kein Mensch braucht solche Mengen davon."

„Aber eine Hexe." Zickia blickte die beiden triumphierend an. „Ich werde ein Rosenölbad bei Vollmond nehmen, das verleiht ewige Jugend."

„Schnickschnack!", rief Amanda verärgert. „Die gibt es nicht. Auch nicht für uns Hexen."

„Wenn wir das Rosenöl nicht bekommen, dann nehmen wir es uns eben“, drohte Bibi. Doch Zickia lachte nur.

„Aber gerne. Holt es euch. Zwei Versuche habt ihr frei.“ Wieder lachte sie.

Bibi blickte Amanda an. „Was meint sie damit?“, fragte sie leise.

„Keine Ahnung“, gab Amanda ebenso leise zurück. „Zickia“, sagte sie dann laut, „du weißt, dass ein Hexspruch, der gestohlenes Eigentum zurückschafft, doppelte Kraft hat.“

„Ach ja?“, spottete Zickia. „Na, dann geh doch rein und hex mal, meine Liebe.“

Amanda ließ sich nicht lange bitten. Sie ging ins Haus und sagte: „*Eene meene Meisterstück, das Gestohlene zurück! Hex-hex!*“

Das „Hex-Plingpling“ ertönte, doch nichts passierte. Die Wirkung des Spruchs schien irgendwo abgeprallt zu sein. Zickia lachte.

„Was ist passiert?“, fragte Bibi verdutzt.

„Keine Ahnung“, meinte Amanda. „Probier du's mal.“

„Ich werde einen anderen Spruch nehmen“, beschloss Bibi.

Zickia lachte erneut und hielt zwei Finger hoch. „Versuch Nummer zwei!“

Doch Bibi ließ sich nicht aus der Ruhe bringen. *„Eene meene mit Gegröl, zu mir her, das Rosenöl! Hex-hex!“*

Wieder ertönte das „Hex-Plingpling“, aber nichts passierte. Jetzt kapierten Bibi und Amanda: Die Wirkung der Sprüche war von den Spiegeln in Zickias Haus zurückgeworfen worden, waren sozusagen abgeprallt und ohne Ergebnis verpufft.

„Da staunt ihr zwei Superhexen, was?“ Zickia grinste. „Ausgetrickst!“

„Jeder Trick hat seinen Gegentrick“, wandte Amanda ein.

„Und wenn wir gemeinsam hexen?“, schlug Bibi vor. „Das mache ich mit Mami manchmal.“

„Ich glaube, das nützt hier nichts“, meinte Amanda. Langsam verlor sie die Zuversicht.

„Tja, Köpfchen muss man haben!“, lästerte Zickia. „Schönheit ist nicht gleich Dummheit.“

Nun versuchte Bibi es mit Bitten: „Aber wir brauchen das Rosenöl, weil der Bürgermeister und Frau Kolumna das ‚R‘ verloren haben. Bitte, Zickia! Ein kleines Fläschchen würde schon reichen.“

Aber Zickia blieb stur. „Abgelehnt. Nicht ein Tröpfchen bekommt ihr von mir.“

„Dann wird sich der Hexenrat mit dem Diebstahl beschäftigen müssen“, drohte Amanda.

Doch die Drohung ließ Zickia kalt. „Wenn ich erst die ewige Jugend habe, interessiert mich der Hexenrat nicht mehr.“

Damit war für sie das Thema erledigt. Amanda und Bibi mussten einsehen, dass Zickia sich nicht umstimmen ließ. Diese alte Zicke, dachte Bibi. Die benimmt sich ja genauso, wie sie heißt.

Aber es musste doch irgendeinen Weg geben, um ihr das gestohlene Rosenöl wieder wegzunehmen. Die Zeit drängte. Es war bereits vier Uhr. In zwei Stunden sollte der Maharadscha landen. Dann musste der Bürgermeister seine Rede halten und Karla als Rundfunkreporterin mit dem hohen Gast sprechen.

Der Bürgermeister war mit den Nerven fast am Ende und lief unruhig in seinem Amtszimmer auf und ab. Wohl bereits zum zehnten Mal fragte er: „Pichlel! Haben Sie bei Blocksbelgs angelufen?"

„Es ist niemand zu Hause, Bürgermeister-Chef", erklärte der Sekretär geduldig.

„O diese kleine, unmündige Hexe! Das wild ein Nachspiel haben!“, schimpfte der Bürgermeister. Dann setzte er jammernd hinzu: „Was machen wil nul? Was machen wil nul?“

„Ich hätte da vielleicht eine Idee, Bürgermeister-Chef“, meldete sich Pichler vorsichtig.

„Splechen Sie!“, meinte der Bürgermeister großzügig. „Also?“

„Der Maharadscha kennt Sie doch nicht, und mich auch nicht.“

Der Bürgermeister runzelte die Stirn. Er verstand nicht, worauf sein Sekretär hinauswollte.

„Na, da könnte ich doch so tun, als wäre ich der Bürgermeister“, meinte Pichler pfiffig. „Weil ich doch richtig sprechen kann.“

Doch davon wollte der Bürgermeister nichts hören. „Kommt ja übelhaupt nicht in Flage“, lehnte er ab. „Und Sie sacken dann meine Gastgeschenke ein. Nee!“

Herr Pichler konnte seinen Chef schließlich davon überzeugen, dass er ihm helfen wollte und dass es ihm nicht um die Geschenke ging.

„Na gut“, meinte der Bürgermeister. „Was bleibt uns andeles üblig. Wil müssen ja auch gleich zum Flughafen.“

Da klingelte das Telefon. Pichler hob ab und meldete sich: „Bürgermeisterbüro?“

„Hallo, Pichilein!“, ertönte Karla Kolumnas Stimme. „Hat sich Bibi schon gemeldet?“ Pichler verneinte.

„Das ist ja schlecklich! Und wie geht es Ihlem Chef?“

„Ich bin jetzt der Chef“, antwortete Pichler stolz. „Ich vertrete ihn, wegen der Begrüßungsrede.“

„Sensationell!“, ließ sich Karla vernehmen. „Hach, wenn ich doch auch eine Veltletung hätte! Aber ich bin ja leidel schon die Veltletung.“

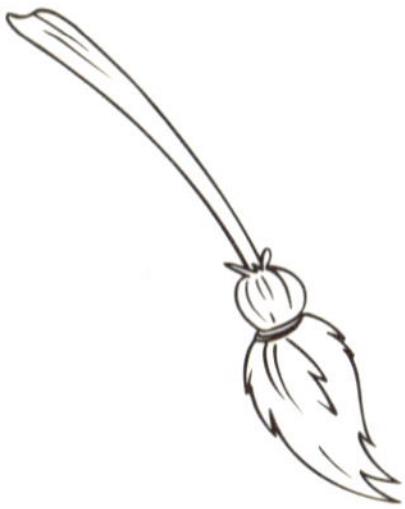

Bibi hat eine Idee

Noch war es nicht sechs Uhr, noch hatten Bibi und Amanda eine Chance. Sie verabschiedeten sich wortkarg von Zickia, und die brachte ihre Besucherinnen zur Haustür. Sie konnte allerdings nicht wissen, dass die kleine Hexe inzwischen einen Plan ausgeheckt hatte.

Flüsternd weihte Bibi Amanda ein.

„Hach, das gefällt mir aber gar nicht, Bibi-Schätzchen", meinte Amanda und schüttelte bedenklich den Kopf. „Wenn du dir was tust?"

„Ach was", entgegnete Bibi. „Das

ist mir schon hundertmal passiert. Gerade heute früh beim Bürgermeister."

„Was flüstert ihr denn da?", fragte Zickia argwöhnisch. „Ich spüre starke Hexenkräfte. Das gefällt mir gar nicht."

„Wir?" Amanda tat unschuldig. „Wir haben nur beschlossen, dass wir nichts machen können. Leider."

„Deshalb werden wir jetzt auch nach Hause fliegen", sagte Bibi so harmlos wie möglich. „Du kannst dich wieder in die Sonne legen."

Zickia setzte ein falsches Lächeln auf. „Es tut mir ja sooo leid um euch, meine Lieben", säuselte sie. „Aber im nächsten Jahr wachsen ja neue Rosen. Hahaha!" Sie winkte Bibi und Amanda hinterher, als die beiden auf ihre

Besen stiegen, eine Kurve flogen und Kurs Neustadt nahmen. „Wiedersehn! Tschüs, ihr Superhexen!"

Als Bibi und Amanda außer Sicht waren, ging Zickia in den Garten zurück, setzte sich auf die Bank, hielt ihr Gesicht in die Sonne und schloss die Augen. Endlich hatte sie wieder Ruhe! Die zwei Nervensägen war sie zum Glück los!

Doch Bibi gab noch lange nicht auf. Als sie und Amanda hoch genug waren, wendete Bibi ihren Wuschel, dass er wieder in die Richtung zeigte, aus der sie gekommen waren. Dann wandte sie sich an Amanda.

„Ich nehme die große Scheibe über ihrem Hexenlabor", kündigte sie an und lachte voller Vorfreude. Sie befahl ihrem Besen Vollgas und sauste im Sturzflug auf das gläserne Haus zu. Zickia erkannte sofort das Fluggeräusch des Besens und fuhr hoch.

„Was machst du da?“, kreischte sie. „Vorsicht! Mein schönes Haus!“ Doch Bibi ließ sich nicht bremsen. Ein Ohren betäubendes Klirren ertönte, die große Glasscheibe zerbrach in tausend Splitter, und gleich darauf krachte Bibi mit Kartoffelbrei auch noch mit Schwung in die riesige Spiegelwand.

„Jetzt, Tante Amanda!“, rief Bibi.

Amanda, die ebenfalls zu Zickias Haus zurückgeflogen war, rief: *„Eene meene Meisterstück, das Gestohlene zurück! Hex-hex!“*

Sternchen blitzten, Funken sprühten und die gestohlenen Rosenölfläsch-

chen sausten aus dem riesigen Loch im Glas und befanden sich gleich darauf in einem großen Beutel, den Amanda sich eilig herbeigehext hatte. Sie schwenkte ihn siegessicher, während Zickia wie vom Donner gerührt dastand.

„Na wartet!“, keifte sie. „Ich werde euch in die hässlichsten Kröten verhexen, die jemals gelebt haben! *Eene meene Zauberflöte, ihr beide …*“

„Halt!“, ertönte in diesem Moment eine energische Stimme. „Du hext nicht!“

Zickia fuhr herum. Vor ihr stand die alte Mania und blickte sie zornig an. Zickia wurde bleich und begann eine Ausrede zu stammeln, doch Mania schnitt ihr das Wort ab.

„Ruhe!“, rief sie. *„Eene meene Hexverbot, deine Hexkraft, die ist tot! Hex-hex!“*

„Mania! Mania! Warum tust du mir das an!“, zeterte Zickia. „Ich wollte doch nur …“

„Schnickschnack!“, entgegnete Mania. „Der Hexenrat wird entscheiden, wie lange das Hexverbot gilt.“

„Aber mein kaputtes Glashaus!“ Zickia versuchte es jetzt auf die mitleidige Tour. „Es wird hineinregnen.“

„Das hext Bibi dir ganz“, meinte Mania trocken. „Sie hat schließlich darin Übung.“

Bibi tat es gern, denn sie war heilfroh, dass sie jetzt das Rosenöl hatte. Schnell gab sie die entsprechende Menge in die mitgebrachte L-Kräuter-

Mischung und sagte einen Hexspruch über alles. Dann bedankte sie sich herzlich bei Amanda und Mania und zischte los in Richtung Neustädter Flughafen.

Es wurde auch höchste Zeit!

Auf der Landebahn hatte gerade die goldglänzende Maschine des Maharadschas von Wischnipur aufgesetzt. Sie rollte aus und bewegte sich dann langsam über das Vorfeld zur Ankunftshalle. Als sie ihre Parkposition erreicht hatte, wurde der rote Teppich ausgerollt, und seine Exzellenz betrat die fahrbare Treppe. Der Bürgermeister hielt immer noch krampfhaft Ausschau nach Bibi und verrenkte sich dabei fast den Hals. Aber von der „verflixten Göre“ war weit und breit nichts zu sehen. Er warf Karla einen flehentlichen Blick zu, doch die zuckte nur mit den Schultern. Sie wusste auch nicht, wo Bibi abgeblieben war.

Nun wurde es ernst. Sie mussten wohl oder übel reden – Frau Kolumna als Vertreterin des Rundfunkreporters Mike Mikro und Sekretär Pichler in der Rolle des Bürgermeisters.

Der Maharadscha

„Liebe Hölelinnen und Hölel“, begann die Zeitungsreporterin. „Hiel splicht Kalla Kolumna, leidel ganz ohne ‚L‘ heute. Aha-haha! Ich welde Ihnen molgen in einem Sensationsaltikel alles elklälen … Vol wenigen Minuten ist del Mahaladscha von Wischnipul eingetloffen und betlitt nun den loten Teppich …“

„Los, Pichlel!“, zischte der Bürgermeister. „Die Lede!“

„Ruhe!“, wehrte der Sekretär ab. „Ich bestimme jetzt.“ Der Bürgermeister wollte lautstark protestieren, aber da begann Herr Pichler bereits zu sprechen: „Verehrte Exzellenz! Ich freue mich ganz besonders, Sie im Namen unserer Stadt ...“

Weiter kam er nicht, denn plötzlich war das heulende Geräusch eines fliegenden Besens zu vernehmen. Der Bürgermeister zupfte seinen Sekretär aufgeregt am Ärmel und deutete zum Himmel: „Pichlel! Da kommt sie, die kleine Hexe. Endlich! Die Lettung naht!“

Herr Pichler machte vor dem hohen Besuch eine tiefe Verbeugung. „Verzeihung, Exzellenz, ich rede gleich weiter“, sagte er.

Der Maharadscha hörte aber gar nicht mehr hin, sondern ging auf das Mädchen zu, das soeben mit seinem

Hexenbesen neben dem roten Teppich gelandet war.

„Oh! Ist das nicht meine kleine Freundin Bibi Blocksberg?“, rief er erfreut.

„Hallo, Herr Maharadscha!“ Bibi reichte ihm die Hand. „Schön, dass Sie da sind.“

Nun trat Karla einen Schritt vor. „Hallöchen, Hoheitchen!“, begrüßte sie den Gast und deutet einen Hofknicks an.

„Ah! Karla Kolumna ist auch da“, freute sich der Maharadscha. „Welche Freude!“

Da wandte sich Bibi an ihn. „Wir kümmern uns gleich um Sie, Hoheit. Wir müssen nur noch schnell was erledigen.“

Sie zog das Fläschchen mit der L-Kräutermischung hervor. Sogleich drängelten sich Karla und der Bürgermeister um Bibi und warteten gierig, bis sie das Fläschchen aufschraubte und jedem von ihnen einen Löffel davon verabreichte. Es dauerte weniger als eine Minute, und die beiden konnten wieder sprechen, als wäre nichts gewesen.

Karla strahlte und griff eilig nach ihrem Mikrophon. „Liebe Hörerinnen und Hörer!", begann sie und rollte das „R" besonders stark. „Sie glauben gar nicht, wie ich mich freue, dass ich wieder das Wort ‚Riesenrad' und ‚Maharadscha von Wischnipur' aussprechen kann!"

Als das der Bürgermeister vernahm,

war er nicht mehr zu bremsen. Er riss seinem Sekretär das Blatt aus der Hand und hielt selbst die Rede, natürlich mit fehlerfreien „R“s. Er schloss mit den Worten: „… und so freue ich mich ganz besonders, verehrte Hoheit, Ihnen mitteilen zu dürfen, dass die wertvollen Gastgeschenke, die Sie mitgebracht haben, dem Altenheim und dem Kinderheim zugute kommen …“ Er stutzte, ließ das Blatt sinken und zischte seinem Sekretär zu: „Wer hat denn diesen Schwachsinn geschrieben, Pichler?“

„Ich, Bürgermeister-Chef!“, sagte Herr Pichler fröhlich. „Es ist ja eigentlich meine Rede. Sie wollten die Geschenke doch für sich behalten. Das fand ich peinlich.“

Der Bürgermeister verzog säuerlich das Gesicht, aber er konnte nichts machen. Gesagt war gesagt, und alle hatten gehört, dass das Oberhaupt von Neustadt zum ersten Mal etwas weitergeben wollte, was er geschenkt bekam. Da hatte der gute Pichler seinem Chef doch glatt ein Schnippchen geschlagen!

Bibi freute sich darüber, atmete erleichtert auf und blinzelte Karla Kolumna zu. Sie war heilfroh, dass alles noch einmal gut ausgegangen war.

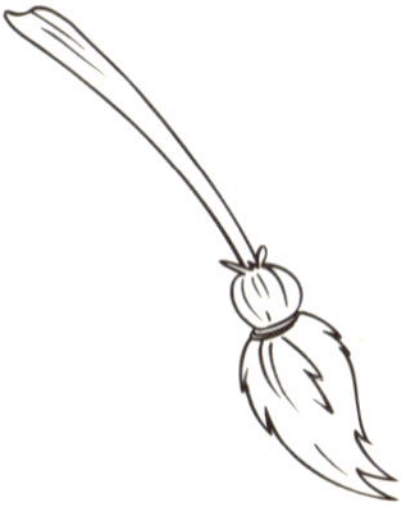

Bibi Blocksberg™

Die Hexenschule

Nach Ulli Herzog

Die Schmerz-weg-Salbe

Barbara Blocksberg war dabei, einen großen Spiegel im Flur aufzuhängen, den sie beim letzten Hexenflohmarkt günstig erworben hatte. Sie stand auf der Küchenleiter, hielt in der linken Hand den Spiegel und in der rechten einen Hammer. Bibi kontrollierte von der Tür aus, ob der Spiegel gerade hing.

„Rechts noch eine Idee höher, Mami", sagte sie. Barbara folgte der Anweisung ihrer Tochter. Sie wollte gerade den Hammer schwingen, da verrutschte der Spiegel schon wieder.

Nun verlor Barbara Blocksberg die Geduld.

„*Eene meene …*“ begann sie einen Hexspruch, aber Bibi unterbrach sie.

„*Eene meene Männerwade*“, rief sie, „*der Spiegel da hängt …*“

„Was heißt hier ‚Männerwade‘?“, ertönte plötzlich eine männliche Stimme. Bernhard Blocksberg war hinzugekommen. „Ihr werdet doch wohl so ein kleines Spiegelchen ohne Hexerei aufhängen können?“

Barbara stieg von der Leiter, reichte ihrem Mann den Spiegel und sagte übertrieben freundlich: „Bitte, mein Lieber. Tu dir keinen Zwang an.“

„Das ist sowieso Männersache“, fand Bernhard. Er griff nach dem Hammer und ging zur Wand. Seine

Frau hielt den Spiegel an die vorgesehene Stelle. Doch kaum hatte Bibis Vater ausgeholt und zugeschlagen, da stieß er einen lauten Schmerzenslaut aus und ließ den Hammer polternd zu Boden krachen.

„Verflixt noch mal!“, schimpfte er. „Mein Daumen! Und mein Fuß! Muss mir der blöde Hammer auch noch auf meine Zehen fallen? Auaauau!“

„Das geht gleich weg“, tröstete ihn seine Tochter. „Warte, ich hole nur schnell meine ‚Schmerz-weg-Salbe‘.“

„Was für eine Salbe?“, fragte Bernhard Blocksberg misstrauisch.

„Na, die für den Kräuterkunde-Unterricht bei Tante Mania“, erklärte Bibi. „Die Salbe war nämlich meine Hausaufgabe. Jetzt kann ich gleich feststellen, ob ich gut gelernt und richtig gemixt habe."

„Igitt!" Bernhard Blocksberg verzog angewidert das Gesicht. „Das also ist das furchtbar stinkende Zeug, das seit Tagen unser Haus verpestet. Bleib mir bloß weg damit!"

„Was stinkt, hilft", sagte Barbara trocken.

„Genau!", pflichtete ihr Bibi bei. „Das ist eine uralte Hexenregel."

Bernhard Blocksberg wusste, dass in solch einer Situation jeder Widerstand zwecklos war. Also fügte er sich in sein Schicksal und streckte Bibi den verletzten Daumen entgegen. Sie trug die Salbe dünn auf und hatte auch einen passenden Schnellwirk-Hexspruch parat:

„Eene meene Entenbein, Papis Schmerz wird klitzeklein! Hex-hex!“

Bernhard Blocksberg stöhnte genervt auf.

„Ich kann diese dummen Hexsprüche nicht mehr hören“, murrte er. „Dieses grauenhafte Reim-dich-oder-ich-fress-dich-Deutsch tut mehr weh als mein Daumen. Lernt ihr bei Mania nichts Vernünftiges?“

Bevor Bibi antworten konnte, fragte Barbara schnell: „Hat der Spruch geholfen oder nicht?“

Bernhard Blocksberg betrachtete seinen Daumen. Der rotblaue Fleck, den der Hammer hinterlassen hatte, war verschwunden.

„Ja“, gab er kleinlaut zu. „Als ob nie was gewesen wäre.

„Na also“, meinte Bibi fröhlich. „Warum regst du dich dann über meine Sprüche auf?“

„Gratuliere, Bibilein!“, freute sich ihre Mutter. „Deine Salbe ist perfekt. Die gute Mania wird zufrieden sein.“

„Der Unterricht!“, fiel es plötzlich Bibi siedend heiß ein. „Mami, ich muss losdüsen!“

„Wieso denn?“ Barbara Blocksberg warf einen Blick auf die Uhr in der Küche. „Du hast doch noch eine ganze Stunde Zeit.“

„Schon“, meinte Bibi und schnappte sich ihren Besen Kartoffelbrei. „Aber wir treffen uns vorher auf der Insel.“

Die drei Junghexen

Durch Neustadt floss die Triller, und südlich der Stadt lag in der Mitte des Flusses eine kleine Naturschutzinsel, auf der sich die Junghexen heimlich trafen. Meistens vor und nach dem Unterricht bei der gestrengen Mania, um sich Mut zu machen oder sich gegenseitig zu trösten.

Bibi wurde bereits ungeduldig von Flauipaui erwartet, einer niedlichen Hexe mit langem, rotem Haar, auf das sie sehr stolz war und das sie oft hingebungsvoll kämmte. Das Reisig an ihrem Besen war saftig grün und mit

Blüten geschmückt, deshalb hörte er auf den schönen Namen „Gänseblümchen“.

„Na endlich!“, rief Flauipaui kläglich und machte ein Gesicht, als ob sie jemanden zum Händchenhalten brauchen würde. „Ich schlage hier schon Wurzeln!“

„He! Reg dich ab! Ich bin total pünktlich“, entgegnete Bibi lässig. „Wo brennt's denn?“

„Ich sitze in der Patsche“, sagte Flauipaui kleinlaut.

„Manias Hausaufgabe?“ Bibi legte den Kopf schief und kniff fragend ein Auge zu.

„Genau“, bestätigte Flauipaui. „Meine Medizin zeigt null Wirkung.“

Bibi zog die Luft ein. „Auweia!“

„Können wir nicht eine gemeinsame Ausrede erfinden?“ Flauipaui blickte ihre Freundin bittend an. „Vielleicht, dass mir die Flasche mit meiner selbst gemischten Medizin leider in den Fluss gefallen ist?“

„Keine Chance.“ Bibi schüttelte ablehnend den Kopf. „Mania guckt in ihre Hexenkugel, prüft es nach, und wir sind geliefert.“

„Das bin ich sowieso“, meinte Flauipaui und seufzte tief.

Da ertönte über ihren Köpfen das Röhren und Knattern eines Motors, und gleich darauf brachte Schubia Wanzhaar, die Junghexe mit der grünen Punkfrisur, ihren schnellen Motorbesen Kawakasi mit einem lauten Plumpser neben ihnen zum Stehen.

„Wow!“, rief Schubia. „Das war ’ne Landung, was, Mädels?! Punktgenau!“

„Von wegen!“, kicherte Bibi. „Um ein Wanzhaar wärst du im Fluss gelandet.“

„Aber nur fast.“ Schubia strich sich lässig eine grüne Strähne aus der Stirn, „Tja, Blocksberg, das ist eben die Kunst.“

„Du hättest wenigstens auf meiner Flasche landen können“, sagte Flauipaui vorwurfsvoll. „Dann wäre die jetzt in tausend Scherben.“

Schubia blickte sie fragend an, dann aber erhellte sich ihre Miene.

„Jetzt check ich, was du meinst“, sagte sie grinsend. „He, Blumenpott, soll das heißen, du hast Mist gebaut?“

Flauipaui nickte. „Ich glaube, es ist

etwas daneben geraten." Sie zog den Pfropfen aus ihrem Medizinfläschchen und hielt es Schubia unter die Nase. „Da, riech mal."

„Iiiih! Wie eklig!" Schubia verzog angewidert das Gesicht. „Was ist das denn? Rattengift?"

„Nein. Eigentlich war es als ein Mittel gegen Mandelentzündung gedacht", antwortete Flauipaui wahrheitsgemäß, woraufhin Schubia spöttisch lachte.

„Na, zumindest hat der Patient danach keine Probleme mehr mit seinen kranken Mandeln. Zisch! Schrumpf! Ätz! Weg sind sie."

„Du kannst einen ja wunderbar trösten", sagte Flauipaui und verzog kummervoll das Gesicht.

„Nun lass nicht gleich die Blätter hängen, Schwester!“ Schubia legte ihr den Arm um die Schultern. „Wir finden schon eine Ausrede.“

Sie überlegte kurz, dann hellte sich ihre Miene auf.

„Ey! Ich hab's!“, rief sie. „Das ist Drachenmedizin, Leute. Die Drachen jubeln, wenn sie das wegnuckeln.“

Drachenmedizin? Bibi und Flauipaui blickten sich verwundert an, dann kicherten sie wie auf Kommando los.

„Riesig, Schubia. Danke!“, rief Flauipaui.

„Super Idee!“, pflichtete ihr Bibi bei. „Ein Drachen-Rachen-Putzer. Könnte fast von mir sein.“

„Dann beweis gleich mal dein Talent, Blocksberg“, sagte Schubia.

„Ich habe nämlich auch Probleme. Mein Gemisch ist etwas zäh geraten."

Sie hielt Bibi eine Cremedose entgegen und nahm den Deckel ab. Bibi warf einen Blick auf den Inhalt und musste lachen.

„Was ist denn das für eine Schmiere? Ist das rosa Kaugummi oder Knete?"

„Vielleicht Zahncreme für Drachen?", schlug Flauipaui vor. „Aber halt! Zweimal Drachen geht nicht."

„Was sollte es denn werden?", fragte Bibi.

„Massagecreme", gestand Schubia kleinlaut. Die beiden anderen brachen in Gelächter aus. „Danke für eure Anteilnahme", fügte Schubia ein wenig säuerlich hinzu. „Ihr seid wirklich sehr feinfühlig."

Doch Bibi wusste Rat.

„Die Sache ist ganz einfach. Du erklärst Mania, das wäre eine haltbare Massage-Jahres-Vorratspackung."

„Ey! Cool, Blocksberg!", kiekste Schubia. „Die Sache ist gekauft!"

Unterricht bei Mania

Die Althexe Mania wohnte ganz allein mit zwölf Eulen, zwölf Katzen und mit zwölf Hexenbesen in einem kleinen Hexenhäuschen auf einer Lichtung mitten im Wald. Zu dem Haus führten keine Wege. Wer Mania besuchen wollte, der musste mit dem Besen anreisen. Das Haus war sehr romantisch gelegen, mit vielen prächtigen Wildblumen drum herum und einem Hexenkräutergarten, auf den Mania sehr stolz war.

Nachdem Bibi die Sache mit den verpatzten Hausaufgaben einigermaßen geschickt hingebogen hatte, machten sich die drei Junghexen umgehend auf den Weg zu Mania. Vorsichtshalber flogen sie überpünktlich bei ihr ein, stellten ihre Besen ordentlich ab und nahmen brav an dem großen Tisch im Hexenlabor Platz.

Bibi war mit ihrer Schmerz-weg-Salbe als Erste dran. Mania roch an der Mixtur, nahm eine kleine Probe davon und verrieb sie zwischen den Fingern.

„Sehr zufriedenstellend, Bibi“, lobte sie die kleine Hexe. „Die Zutaten sind korrekt, und der Duft … Hmmm …“

„‚Gestank‘ meint sie wohl“, flüsterte Schubia, worauf Flauipaui kicherte.

„Der Duft ist exzellent!“, fuhr Mania fort. „Und die Wirkung …“

„Die habe ich an Papi getestet", sagte Bibi eifrig. „Die ist megastark!"

„Kein Eigenlob bitte!", rügte Mania sie. „Aber das Rezept ist gut. Du hast bestanden."

Bibi stieß einen erleichterten Seufzer aus.

„Und nun zu dir." Mania wandte sich an Flauipaui, die ihr zögernd ihre Flasche reichte. „Lass mal sehen." Mania zog den Pfropfen aus der Flasche und roch daran. „Hmmm ... ja ... interessanter Geruch. Etwas streng, aber das ist kein Fehler. Testen wir mal die Hautverträglichkeit." Sie gab ein paar Tropfen davon auf ein Ahornblatt. Die Wirkung war beachtlich. Es zischte und dampfte, dass Mania erschrocken zurückfuhr. „Potz-

blitz! Das Zeug brennt mir ja den Labortisch durch. Flauipaui!“, sagte sie dann mit schneidender Stimme. „Ich wünsche eine Erklärung!“

Flauipaui wurde rot im Gesicht und zog den Kopf ein.

„Ich … äh … das ist …“, druckste sie herum, „… also, das ist mein Rezept für … für …“

„Spuckt Feuer und kann fliegen“, flüsterte ihr Bibi zu und kicherte.

Schubia hatte es gehört und lachte schrill auf. Mania klopfte auf den Tisch und bat sich Ruhe aus.

„Es ist für einen Drachen mit Mandelentzündung“, sagte Flauipaui und fügte schnell hinzu: „Weil ein Drache doch nicht an den Mandeln operiert werden kann!“

Bibi und Schubia kicherten, doch sie verstummten schnell, als Mania ihnen einen strengen Blick zuwarf.

„Aus! Das reicht!“, wandte sie sich an Flauipaui. „Du hast mich zutiefst enttäuscht. Und du, Schubia“, sagte sie zu der Punkerhexe, „ob du Grund zum Lachen hast, das wird sich noch herausstellen. Zeig mir deine Creme.“

Schubia kramte hektisch ihre Cremedose hervor und hielt sie der alten Hexe hin.

„Hier, Tante Mania. Nun denk bloß nicht, das ist Drachenzahncreme oder Kaugummi …“

„Oder Knete!“, flüsterte Bibi dazwischen.

„Ach ja, oder rosa Knete“, sagte Schubia eifrig. „Nein, in Wirklichkeit ist es ist eine konzentrierte Frischhaltejahrespackung."

Bibi und Flauipaui konnten sich das Lachen kaum verbeißen, und Schubia wurde nervös.

„Das Praktische ist", fuhr sie mit hektischer Stimme fort, „man schneidet sich jeweils ein Stückchen ab und gibt ein Lösungsmittel dazu. Fertig ist die Massagecreme!"

Einige Sekunden lang herrschte Schweigen in dem Hexenlabor.

„Wir sind auch fertig, Schubia Wanzhaar!", sagte Mania mit eisiger Stimme in die Stille hinein. „Das ist wohl das Unverfrorenste, was ich je von einer Schülerin erlebt habe!"

„Aber Tante Mania ...", versuchte

Schubia sich zu verteidigen, doch die Oberhexe schnitt ihr das Wort ab.

„Nichts mit ‚aber Tante Mania'! Doch ich will dir noch eine Chance geben, Schubia Wanzhaar." Die Punkerhexe schöpfte neuen Mut. „Such dir in meinem Kräuterschrank das richtige Lösungsmittel aus. Dann werde ich sehen, ob du mir etwas vorgeflunkert hast."

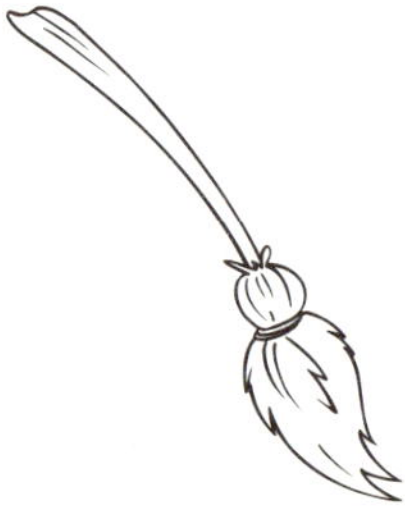

Ein kleiner rosa Drache

Schubia tat, wie ihr geheißen worden war. Sie füllte die Creme in eine Schale, entnahm dem Schrank ein kleines Fläschchen, öffnete es und goss den Inhalt über die rosa Masse. Bibi und Flauipaui beugten sich neugierig vor, um nichts zu verpassen. Es wäre ja absoluter Wahnsinn, wenn das wirklich funktionieren würde!

Schubia begann mit einem Spatel die zähe Masse zu bearbeiten. Langsam wurde sie weich. Schubia rührte sie zunächst vorsichtig um, dann immer kräftiger, und schließlich wurde sie zu einem lockeren, sahnigen, rosa Brei. Die drei Junghexen schnüffelten daran. Hmmm! Er duftete sogar! Doch Mania kam der Duft seltsam vor.

„Halt! Nicht weiterrühren!“, wies sie Schubia an. „Dieser Geruch … Was ist in deiner sogenannten Frischhaltejahrespackung alles drin?“

Schubia überlegte kurz, dann zählte sie an den Fingern ab: „Schwarzes Bilsenkraut, Maiglöckchen, roter Fingerhut, Tollkirsche, Seidelbast, Nachtschatten, Teufelskralle …“

„Genug! Das reicht!“ Mania wurde blass um die Nasenspitze. „Bist du von allen guten Geistern verlassen?“

„Aber es ist sahneweich und riecht gut“, erwiderte Schubia. „Bestimmt tut es auch gut.“

„Ja, gewissermaßen", räumte die alte Hexe ein. „Nur, es ist nicht gut für die Haut, es ist für etwas ganz anderes. Was hast du dir bloß dabei gedacht?"

„Gar nichts", antwortete Schubia halb verlegen, halb trotzig.

„Eben! Du hast nicht gedacht und damit gegen alle Regeln verstoßen!"

Schubia runzelte die Stirn. Sie hatte keine Ahnung, was Mania meinte. Die hob den rechten Zeigefinger, blickte das Mädchen streng an und sagte mit eindringlicher Stimme: „Eine Mixtur aus all diesen giftigen Substanzen darf nie – hörst du: nie! – für ein Schönheits- oder Gesundheitsmittel zusammengemischt werden."

„Und wofür dann?"

„Das lernst du später."

„Lernst du später!“, äffte Schubia ihre Lehrerin nach. „Immer dieses ‚lernst du später‘! Erst bekommt man Hausaufgaben auf, und wenn man so richtig kreativ ist, kriegt man eins aufs Dach! Das ist ungerecht! Jawohl!“

Voller Wut packte Schubia die Schale mit der rosigen Sahnecreme und knallte sie mit solcher Wucht auf den Boden, dass die Splitter nach allen Seiten flogen und der ganze Boden mit rosa Spritzern bedeckt war.

Bibi und Flauipaui waren mit einem erschreckten Aufschrei zurückgewichen, und Manias Rabe Abraxas, der neugierig auf den Labortisch gehüpft war, um nur ja alles mitzubekommen, flüchtete unter lautem Protest auf die Schulter seiner Herrin.

Mania behielt die Ruhe und sagte kühl: „Aufwischen, Schubia Wanzhaar. Und dass mir nicht ein einziger Spritzer übrig bleibt."

„Ich werde hier behandelt, als ob ich was verbrochen habe!", protestierte Schubia.

„Das stimmt, Tante Mania", kam Bibi ihrer Hexenfreundin zu Hilfe. „Dabei hat Schubia ganz normale Hexenkräuter verwendet."

„Schluss mit der Diskussion", entschied die alte Hexe. „Ihr könnt Schubia beim Aufsammeln der Scherben helfen."

Seufzend holten die drei Junghexen Schaufel, Kehrblech und Putzlappen, knieten sich auf den Boden und begannen mit der ihnen aufgetragenen

Arbeit. Da bemerkte Flauipaui, wie plötzlich ein kleiner Feuersalamander zur Tür hereinhuschte und an der Creme schnupperte. Sie machte die beiden anderen darauf aufmerksam.

„Deine Massagecreme scheint ihm zuzusagen“, stellte Bibi kichernd fest.

„Na bitte. Tiere mögen mein Rezept. Dann kann es ja nichts Schlimmes sein“, stellte Schubia ironisch fest. „Vielleicht ist es ja sogar …“

„Was?“, fragten Bibi und Flauipaui.

„Es könnte … Na ja, vielleicht habe ich sogar per Zufall eins der geheimen Hex-Rezepte gefunden.“

„Wow!“ Flauipaui war beeindruckt.

„Mensch! Das wär echt ein Knaller!“, meinte Bibi.

„Keine Diskussionen, habe ich ge-

sagt", wies Mania die drei Mädchen zurecht. „Beeilt euch lieber mit der Arbeit."

Schubia senkte ihre Stimme zu einem geheimnisvollen Flüstern.

„Wetten, dass ich ins Schwarze getroffen habe? Wartet mal ..."

„Was hast du vor?", flüsterte Bibi zurück.

„Ich will was ausprobieren. Mit dem Salamander. Schau, jetzt schleckt er schon an meiner Creme. Passt auf: *Eene meene Leckereien, du kannst jetzt auch Feuer speien! Eene meene tolle Sache, du bist ein rosa Hexendrache!*"

Mania hatte den Hexspruch natürlich gehört und wollte eingreifen, doch es war zu spät.

„*Hex-hex!*“, rief Schubia.

Sternchen blitzten, Funken sprühten und das „Hex-Plingpling!“ ertönte. An Stelle des Feuersalamanders saß nun in Manias Labor ein kleiner rosa Drache und blickte mit lustigen schwarzen Knopfaugen in die Runde. Er hatte seine lange Schnauze zu einem Grinsen verzogen, und jedes Mal, wenn er die weißen Drachenbeißerchen zeigte, kam aus seinem Rachen zischend ein kleiner Feuerstoß.

„Ha! Hab ich es doch gewusst!“, rief Schubia und blickte sich triumphierend um. Mania war vor Schreck ganz blass geworden.

„Beim Besenstiel und Drachenschwanz!“, stieß sie hervor. „Was hast du getan, Schubia Wanzhaar?“

Im Gegensatz zu Mania waren die drei Junghexen von dem rosa Kerlchen begeistert. Sie schnipsten mit den Fingern und lockten ihn, näherzukommen.

„Der ist aber süß!“, meinte Flauipaui. „Den könnte ich glatt auf mein Bett zu den Kuscheltieren setzen.“

„Nichts da!“, protestierte Schubia. „Wenn er auf einem Bett sitzt, dann auf meinem. Das ist schließlich *mein* Hexendrache!“

„Wieso Hexendrache?“, fragte Flauipaui. „Bloß, weil er rosa ist?“

Der Drache gab ein paar zischende und glucksende Töne von sich und bewegte heftig seine Stummelflügel. Gleich darauf stieß er sich vom Boden ab und flatterte in die Höhe. Dabei stellte er sich zwar ein wenig unbeholfen an, aber er schaffte es bis auf den Labortisch. Neugierig tapste er umher und beschnüffelte die Dinge, die sich darauf befanden.

„Wehe, du zerbrichst mir was“, warnte Mania ihn und drohte mit dem Finger. Das mochte der kleine Drache gar nicht. Er zischte, so laut er konnte, und gab einen Feuerstrahl auf die alte Hexe ab, die erschrocken zurückfuhr. Abraxas schimpfte laut, weil um ein Haar seine Schwanzfedern angesengt worden wären.

„Ganz schöne Stichflamme“, stellte Bibi anerkennend fest. „Der Kleine hat sich tüchtig angestrengt.“ Dann blickte sie den rosa Minidrachen tadelnd an und sagte zu ihm wie zu einem Kind: „Du musst aber ein bisschen besser aufpassen, wo du dein Feuer hinspuckst, Drachilein."

„Das lernt er schon noch", meinte Schubia. „Stimmt's, Pinky?"

„‚Pinky' ist ein toller Name." Flauipaui lachte. „Der passt genau zu ihm."

„Unsere Punky hat 'nen Pinky!", neckte Bibi die Freundin.

Die Junghexen hätten bestimmt noch eine Weile mit dem kleinen rosa Drachen Unfug getrieben, doch Mania griff jetzt ein. Die alte Oberhexe räusperte sich laut und vernehmlich und bedachte die drei mit einem Blick, der schon ganzen Hexengenerationen das Fürchten gelehrt hatte. Nun würde sie ihnen eine Lektion erteilen, die sie so schnell nicht vergaßen …

Die Strafpredigt

„Ihr habt mein Labor zu einem Kasperletheater gemacht und den Kräuterkunde-Unterricht zu einer Karnevalsveranstaltung!“, sagte sie mit scharfer Stimme. Die Mädchen zuckten zusammen und zogen die Köpfe ein.

„Tut mir leid“, sagte Bibi.

„Kommt nicht wieder vor“, beeilte sich Schubia zu sagen.

„Entschuldigung, Tante Mania“, fügte Flauipaui eingeschüchtert hinzu.

„Damit ist es nicht getan“, erwiderte Mania streng. „Strafe muss sein.“

„Aber Pinky ist wirklich …“, versuchte Bibi Schubia zu verteidigen, doch Mania schnitt ihr das Wort ab.

„Ruhe jetzt! Zu dir komme ich später. Schubia!“

Die Punkerhexe, die sonst so gern eine kesse Lippe riskierte, war auf einmal sehr kleinlaut. „Ja, Tante Mania?“

„Du wirst bis zum nächsten Kräuterkunde-Unterricht ein spezielles Haarwuchsmittel zusammenstellen.“

„Was für ein spezielles?“

„Warte, das begreifst du sofort“, antwortete Mania. Dann sagte sie mit Unheil verkündender Stimme: „*Eene meene Drachenwurz, Schlangenhaut und Krötenkropf, dein grünes Haar wird Stoppelkopf! Hex-hex!*“

Sternchen blitzten, Funken sprühten, und das „Hex-Plingpling“ ertönte. Schubia spürte, dass auf ihrem Kopf etwas passiert war, und griff – ins Leere.

„O nein! Meine Haare!“, kreischte sie und heulte los. „Meine schönen Haare! Alle weg! Warum hast du das gemacht, Tante Mania?“

„Damit du lernst, Kräuterkunde ernst zu nehmen“, erklärte die alte Hexe ungerührt. „Heilen, helfen und Schmerzen lindern sind wichtige Aufgaben für uns. Nur, wenn du dir das zu eigen gemacht hast, wirst du eine vollwertige Hexe.“

Schubia jedoch wollte davon nichts hören, sie hatte im Moment ganz andere Sorgen. „Aber es dauert Jahre, bis meine Haare wieder gewachsen sind.“

„Nicht, wenn du das richtige Rezept

für eine schnell wirkende Hexen-Haartinktur findest“, erwiderte Mania und wandte sich dann an die Blumen-Junghexe. „Nun zu dir, Flauipaui.“

„Ja, Tante Mania?“, fragte das Mädchen bang.

„Du musst lernen, dass es wichtiger ist, in Lehrbücher statt in den Spiegel zu schauen.“

Flauipaui nickte zerknirscht. „Ich verspreche dir …“

„Du hast schon viel versprochen“, sagte Mania und blickte sie ein wenig spöttisch an. „Jetzt sorge ich dafür, dass du so lange den Spiegel wegsteckst, bis du das begriffen hast: *Eene meene Läuseblut, Spinnenbein und Gallenblase, du trägst ’ne Warze auf der Nase! Hex-hex!*“

Dem „Hex-Plingpling“ folgte ein spitzer Schrei. Flauipaui hatte an ihre Nase gefasst und fühlte nun eine dicke Warze, ebenso groß wie die von Mania. Die alte Oberhexe hielt der Junghexe einen Spiegel vor und befahl: „Da! Schau dich an. Und dann blick erst wieder hinein, wenn du eine Anti-Warzen-Creme gefunden hast, die sie verschwinden lässt.“

„Ich bin hässlich!“ Flauipaui schluchzte bitterlich. „Jetzt sehe ich genauso aus wie du!“

Mania aber kannte kein Erbarmen. Sie nahm sich nun Bibi vor, obwohl die am wenigsten gemacht hatte.

„Wie ich sehe, magst du kleine Drachen“, sagte sie übertrieben freundlich.

„Ja, sehr“, antwortete Bibi und

streichelte Pinky, der leise gluckste und zischte. „Er ist total süß.“

„Deine Aufgabe ist, ihn wieder in einen Feuersalamander zurückzuverwandeln“, trug ihr Mania auf.

„Ooooch!“ Bibi blickte enttäuscht drein. „Darf ich nicht noch ein bisschen mit ihm spielen?“

„Keine Sorge“, entgegnete Mania mit feinem Spott, „du wirst noch eine ganze Weile mit ihm spielen können.“

Bibi runzelte die Stirn. Was meinte Mania? Etwas weghexen war doch kinderleicht. Dafür gab es schließlich Hexsprüche. Schnell sagte sie einen: *„Eene meene miteinander, sei wieder Feuersalamander! Hex-hex!“*

„Ey!“, protestierte Schubia. „Das ist mein Drache!“

„*Hex-hex!*“, wiederholte Bibi nachdrücklich. Doch nichts tat sich. „Ach Mann!“, seufzte sie. „Warum klappt das denn nicht? Pinky!“ Sie blickte den kleinen rosa Drachen vorwurfsvoll an. „Warum bist du noch hier?“

Wie als Antwort gluckste und zischte Pinky und spuckte eine Flamme.

„Meinst du, ich gebe dir so eine einfache Aufgabe?“, fragte Mania amüsiert. „Schubia hat wirklich einen Hexendrachen gehext. Überlege dir also gut, wie er wieder seine ursprüngliche Gestalt bekommen kann.“

„Darf ich ihn solange mit nach Hause nehmen?“, fragte Bibi.

„Natürlich. Aber sag deiner Mutter, dass sie sich heraushalten soll. Schließlich ist es *deine* Hausaufgabe.“

Bibi nahm Pinky auf den Arm und strich ihm sanft über die kleinen rosa Schuppen. Schubia schaute mürrisch.

„Das finde ich total gemein!“, beschwerte sie sich. „Warum darf ich Pinky nicht mit nach Hause nehmen?“

„Weil du eine andere Aufgabe hast“, lautete die Antwort. „Und wenn du keine Ruhe gibst, hexe ich dir eine Totalglatze. Haben wir uns verstanden?“

Schubia zog den Kopf ein und nickte. Sie wusste, dass die alte Oberhexe ihre Drohung wahr machen würde, wenn sie noch einmal widersprach.

„Und nun raus mit euch!“, forderte Mania die Mädchen auf. „Einen Tag nach der nächsten Vollmondnacht sehen wir uns wieder.“

Ein Drache im Haus

Schubia und Flauipaui trauten sich nicht nach Hause, und so flogen die drei Junghexen erst einmal zurück zu der kleinen Insel im Fluss. Die Stimmung war gedrückt, auch Pinky hatte keine Lust zu fauchen und zu zischen und hatte sich dicht neben Bibi im Kies niedergelassen. Flauipaui verbarg ihr Gesicht mit den Händen und schluchzte leise vor sich hin, was Schubia ziemlich nervte.

„Olle Heulsuse!“, schimpfte sie. „Hör auf zu flennen. Davon wird’s auch nicht besser.“

„Aber ich bin so hässlich!“, klagte Flauipaui und fingerte an ihrer Warze herum.

„Du nervst, Blumenpott“, erwiderte Schubia. „Halt den Besen vors Gesicht, dann sieht's keiner.“

„Wie soll ich das bloß meinen Eltern erklären?“, jammerte Flauipaui.

„Frag mich lieber mal“, meinte Schubia. „Ich bin sowieso zu Hause das schwarze Schaf. Die Schweineborsten verzeihen mir meine Alten nie.“

„Und wenn wir die Gegenmittel nicht finden?“ Flauipaui war ganz verzweifelt.

„Du nervst ja schon wieder!“ Schubia verdrehte die Augen. „Wir finden sie. Basta!“

„Genau!“, sagte Bibi und blickte Flauipaui aufmunternd an. „Irgendwie müssen wir da durch.“

„Wir?“, fragte Flauipaui erstaunt.

„Meinst du, ich lasse euch hängen?“, fragte Bibi zurück. „Wir tun einfach so, als wenn nichts gewesen wäre.“

„Ha-ha.“ Flauipaui lächelte gequält. „Mit dieser Warze? Wie soll denn das gehen?“

„Na, so …“, sagte Bibi lässig. „*Eene meene Hühnereier, ein Hütchen mit ’nem Nasenschleier! Hex-hex!*“

Funken sprühten, Sternchen blitzten, das „Hex-Plingpling“ ertönte, und Flauipaui trug plötzlich einen lustigen Sommerhut, dessen Schleier genau über ihre Nase reichte, sodass von der Warze nichts mehr zu sehen war.

„Ey! Nicht schlecht, Blocksberg!“, feixte Schubia. „Ein heißer Deckel! Lass dir aber bloß nicht einfallen, mir auch so ein Fliegengitter zu hexen.“

„Nein!“, lachte Bibi. „Du kriegst es echt punkig: *Eene meene Rand und Band, ein Lackhut mit ’nem grünen Rand! Hex-hex!*“

Wieder funktionierte der Hexspruch auf Anhieb. Schubia grinste zufrieden.

„Die Melone gefällt mir“, sagte sie. „Damit kann ich leben.“

Derselben Meinung schien auch Pinky zu sein, denn er pfiff anerkennend zwischen seinen kleinen Drachenzähnen hindurch, gluckste und stieß eine kleine Flamme aus.

Die beiden Junghexen waren erleichtert. Mit ihrer neuen Kopfbedeckung trauten sie sich, ihren Eltern unter die Augen zu treten. Bibi, Schubia und Flauipaui verabredeten sich für die nächste Vollmondnacht zum Kräutersammeln, und dann düsten alle auf ihren Hexenbesen nach Hause. Bibi hielt Pinky, der vergnügt mit seinem Drachenschwänzchen wackelte und sich wissbegierig die Welt von oben betrachtete, während des Fluges fest und sicher auf dem Arm.

„Hallo, Mami! Papi!“, rief sie fröhlich, als sie im Garten gelandet war und Kartoffelbrei in die Ecke gestellt hatte. „Wow! War das ein Tag! Ich hab einen Bärenhunger!“ Dann setzte sie den kleinen Drachen unter einem Busch ab und schärfte ihm ein: „Warte mal hier, Pinky, und verhalte dich ruhig. Ich muss sie erst vorbereiten."

Pinky pfiff und zischte und tat, was ihm befohlen worden war.

„Das Essen ist gleich fertig, Bibilein!", rief ihre Mutter aus der Küche. „Und? War Mania zufrieden?"

„Ja, sehr", sagte Bibi und begann den Tisch zu decken. „Es ist unheimlich viel passiert. Aber das erzähle ich euch nach dem Essen."

Als Barbara Blocksberg den Nachtisch serviert hatte und alle drei ihr Eis mit heißen Himbeeren löffelten, schilderte Bibi ausführlich die Erlebnisse bei Mania. Ihre Eltern dachten zuerst, ihre Tochter würde sie anflunkern. Erst, als Bibi aufstand und Pinky aus dem Garten holte und auf den Tisch setzte, glaubten sie ihr.

Verwirrt und ein wenig ängstlich blickte der kleine rosa Drache in die Runde und stieß ein leises Zischen aus. Barbara Blocksberg war von ihrer Tochter ja allerhand gewöhnt, aber ein pinkfarbenes Reptil hatte ihr gerade noch gefehlt. Sie verzog säuerlich das Gesicht, Bernhard aber machte aus seinem Ärger keinen Hehl.

„Runter vom Tisch mit dem Ungeheuer!“, verlangte er.

„Ich wollte ihn euch nur zeigen“, versicherte Bibi. „Er ist doch so niedlich. Er heißt übrigens ‚Pinky‘.“

Doch ihr Vater blieb eisern: „Ein für alle Mal: Tiere gehören nicht auf den Esstisch.“

Bibi packte Pinky und setzte ihn auf den Boden, was dieser mit einem ärgerlichen Zischen beantwortete.

„Der Drache bleibt nicht im Haus!“, befahl Bernhard Blocksberg.

„Wahrscheinlich ist er nicht mal stubenrein“, vermutete Barbara.

„Keine Ahnung.“ Bibi zuckte mit den Schultern. „Muss man mit Hexendrachen auch Gassi gehen, Mami?“

„Da bin ich überfragt“, antwortete Barbara. „Aber wir können diesen Pinky beim besten Willen nicht hier behalten. Ich möchte bloß wissen, was Mania sich dabei gedacht hat?“

„Das frage ich mich auch“, knurrte Bernhard. „Was bildet diese alte Hexe sich eigentlich ein? Ich will das Biest nicht!“

„Das musst du ja auch nicht, Papi“, sagte Bibi liebenswürdig. „Pinky schläft bei mir im Bett. Er ist so süß und so lieb.“

Doch das war ihren Eltern gar nicht recht.

„Ausgeschlossen!“, befand Barbara Blocksberg.

„Das kommt überhaupt nicht in Frage!“, fügte Bernhard hinzu. „Falls er wirklich so süß und so lieb ist, dann wird er dich auch nicht beißen, wenn du ihn in den Keller sperrst.“

Pinky hatte offensichtlich jedes Wort verstanden, denn er fauchte wütend und stieß zischend einen kleinen Feuerstrahl aus. Bibi ging in die Hocke und strich ihm tröstend über den schuppigen Kopf.

„Keine Angst, Pinky“, sagte sie. „Da kommst du ganz bestimmt nicht hin.“

Barbara Blocksberg legte ihrem Mann begütigend die Hand auf den Arm. „Bernhard, ich glaube, gegen Manias Willen können wir im Moment nichts machen.“

„Lass dir trotzdem was einfallen, Barbara-Mäuschen“, sagte er entnervt. „Bitte!“

Da hatte Bibi eine prima Idee.

„Mensch, Papi! Auf dem Dachboden steht doch noch mein Dino-Terrarium. Da setzen wir Pinky rein. Da drin wird es ihm bestimmt gefallen. Seid ihr damit einverstanden?“

Barbara nickte. Da blieb Bernhard Blocksberg gar nichts anderes übrig, als ebenfalls „ja“ zu sagen. Er mur-

melte zwar noch etwas vor sich hin, was wie „zwei gegen einen, das ist unfair“ klang, aber dann erlaubte er sogar, dass Bibis Terrarium mit dem kleinen rosa Drachen drin im Wohnzimmer stehen durfte.

„Aber nur bis nach der nächsten Vollmondnacht“, ermahnte er seine Tochter. „Keinen Tag länger!“

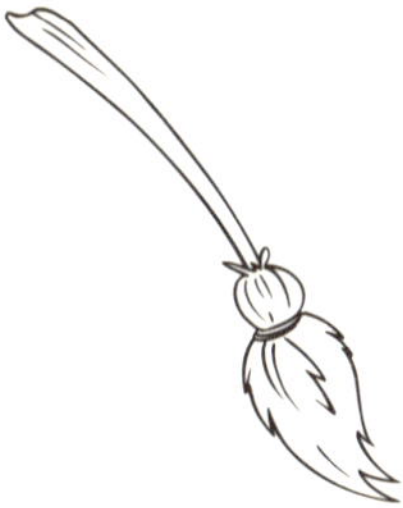

Pinky, du Schlawiner!

Bis zum nächsten Morgen ging mit Pinky alles gut, beim gemeinsamen Frühstück allerdings gab es einen kleinen Zwischenfall.

Bibi hatte wie schon so oft ihrem Vater die Zeitung aus dem Briefkasten herbeigehext. Als der kleine rosa Drache das fliegende Etwas sah, flatterte er hoch, um danach zu schnappen. Es zischte kurz, und schon hatte er die Zeitung in Brand gesetzt. Voller Schreck ließ Herr Blocksberg das brennende Papier fallen und rief „Au! Das ist ja lebensgefährlich!“

Geistesgegenwärtig sagte Bibi einen Schnellhexspruch: „*Eene meene Maus, Feuer aus! Hex-hex!* Nichts passiert, Papi!“

„Was heißt ‚nichts passiert‘?“, gab ihr Vater verärgert zurück. „Wie soll ich denn bitte in dem verkohlten Ding lesen?“

„Ganz einfach.“ Wieder sagte Bibi einen Hexspruch: „*Eene meene Moor, Zeitung wie zuvor! Hex-hex!*“

„Du machst es dir einfach, mein Kind.“ Bernhard Blocksberg räusperte sich bedeutungsvoll. „Denke nur nicht, dass ich dem Frechdachs alles durchgehen lasse, bloß weil du hinter ihm herhext, wenn er etwas anstellt. Und nun möchte ich in Ruhe frühstücken.“

Er schmierte sich ein Brötchen und ließ sich bereitwillig von Bibi Kaffee einschenken. Dann nahm er die Zeitung zur Hand, schlug sie auf und vertiefte sich in seine Morgenlektüre. Jetzt wollte er nicht gestört werden.

Doch das nächste Unheil ließ nicht lange auf sich warten. Unbemerkt war Pinky in Bernhard Blocksbergs Aktentasche gekrochen, die im Flur stand, und hatte neugierig darin herumgewühlt. Und dabei passierte es: Pinky kohlte zwei Aktenordner an, die sich in der Tasche befanden. Bernhard bekam fast einen Anfall, als er das Malheur entdeckte.

„Jetzt reicht es!“, schimpfte er. „Wenn ich zurückkomme, ist das Untier weg! Verstanden?“

Barbara und Bibi versuchten einen schwachen Protest, aber ohne die beiden noch eines Blickes zu würdigen, klemmte sich Bernhard seine Tasche unter den Arm, stürmte grußlos hinaus und knallte die Haustür hinter sich ins Schloss.

„Jetzt ist er echt sauer“, stellte Bibi betrübt fest. „Das tut mir leid.“

„So geht das aber auch wirklich nicht“, ermahnte ihre Mutter sie. „Entweder du sorgst dafür, dass das Tier in seinem Terrarium bleibt, oder ich muss es weghexen.“

„Tu’s nicht!“, protestierte Bibi. „Tante Mania hat gesagt, dass …“

„Ich weiß, was sie gesagt hat. Die redet leicht daher, die hat ja auch diesen kleinen Feuerteufel nicht am Hals.“

„Du kannst Pinky sowieso nicht einfach weghexen“, erwiderte Bibi und lächelte verschmitzt.

„Von wegen!“, meinte ihre Mutter energisch. „Auch ein Hexenbann kann gelöst werden. Pass mal auf: *Eene meene Fledermaus, ich treibe diese Hexkraft aus! Eene meene Taubendreck, der rosa Drache ist jetzt weg! Hex-hex!*“

Das „Hex-Plingpling“ ertönte, und Barbara Blocksberg sagte zufrieden: „Na bitte. Weg ist er. So einfach ist das.“

Bibi war entsetzt.

„Mami! Was hast du gemacht? Pinky muss doch wieder ein Feuersalamander werden!“

Barbara Blocksberg legte ihrer Tochter tröstend den Arm um die

Schulter. „Das wird er wieder. Ganz bestimmt", sagte sie. „Wo auch immer er im Augenblick ist."

Da ertönte zu ihren Füßen ein kräftiges Glucksen und Zischen, und den beiden wurde es ein wenig warm um die Beine. Neben dem Frühstückstisch saß der kleine rosarote Drache und blickte die beiden vorwurfsvoll an, als wollte er sagen: Mich werdet ihr so schnell nicht los!

„Ich glaub es nicht!", stöhnte Frau Blocksberg und ließ sich auf einen Stuhl fallen. „Das war der altbewährte ‚Drache-weg-Hexspruch'. Da bin ich mir ganz sicher."

„So einfach, wie du dir das vorstellst, geht das also nicht, Mami", meinte Bibi. „Irgendwie hat das Zurückhexen von Pinky etwas mit Kräuterkunde zu tun. Die Aufgabe stammt schließlich von Tante Mania."

Ja, auf die alte Mania sollte man schon hören. Das musste auch Bibis Mutter während der nächsten Tage einsehen. Zwar war ihr Ehrgeiz als Hexe geweckt, und sie versuchte auf alle möglichen Arten, den kleinen Drachen wegzuhexen – aber immer wieder tauchte er auf. Da war nichts zu machen.

Barbara und Bernhard Blocksberg warteten also auf die Vollmondnacht, in der Bibi und ihre Hexenfreundinnen sich im Wald trafen, um die richtigen Kräuter zu finden.

Eine hexische Nacht

Groß und rund stand der Mond über dem Wald und leuchtete auf drei Mädchen herab, die zwischen den Bäumen hin und her wanderten und auf dem weichen Waldboden nach den Hexenkräutern für ihre Medizin suchten: Schubia Wanzhaar mit ihrem grünen Lackhütchen, Flauipaui mit dem Schleier über der Nase und Bibi Blocksberg. Sie hatte den kleinen rosa Drachen Pinky dabei, damit es ihnen im Wald nicht so gruselig war.

Pinky huschte auf seinen winzigen Füßen durch das Laub, schnüffelte neugierig herum und stieß ab und zu eine kurze, helle Flamme aus.

„Der kleine Flammenwerfer spart uns die Taschenlampe“, stellte Schubia kichernd fest.

„Zu Hause macht er sowieso nur Blödsinn“, meinte Bibi. „Bei uns ist bereits alles angekokelt.“

„Hast du schon ’ne Idee, wie du ihn zurückhext?“, fragte Schubia.

„Nö“, antwortete Bibi. „Eigentlich möchte ich es auch gar nicht. Aber meine Mutter sagt, es wäre gegen die Natur.“

„He! Pinky!“ Schubia bückte sich nach einem Pilz mit einer leuchtend hellbraunen Kappe. „Schmor die Dinger ja nicht an. Die brauchen wir später noch.“ Dann fügte sie seufzend hinzu: „Ich beneide dich, Bibi. Der kleine Racker hätte meine steifen Eltern auch mal ordentlich aufmischen können."

Langsam gingen sie weiter. Es war mucksmäuschenstill im Wald, und nur das Rascheln des Laubs und das Knacken von Ästen unter ihren Füßen war zu hören. Plötzlich schrie direkt über ihnen eine Eule. Flauipaui schrak zusammen.

„Habt ihr das gehört?", fragte sie ängstlich. „Was war das?"

„Das sind bloß Wölfe", erwiderte Schubia betont cool.

„Was?" Flauipaui stieß einen spitzen Schrei aus. „Hier gibt es Wölfe?"

„Ach was. Reg dich ab, Blumenpott. Vielleicht sind es auch Waldgeister.

Aber die werden wir schon los. Lass Pinky dein Gesicht anleuchten, und deine Warze schlägt jedes Gespenst in die Flucht!“

Bibi musste lachen. „Schubia, du bist unmöglich!“

Ja, die Stimmung der drei Junghexen hatte sich seit ihrer verpatzten Hausaufgabe merklich gebessert. Die kleine Punkerhexe lief zur Hochform auf und erfand eine komische Horrorgeschichte nach der anderen, sodass auch Flauipaui die Angst verlor und in das Lachen der anderen mit einstimmte.

So verging die Zeit wie im Flug, und schließlich waren ihre Körbe mit allem gefüllt, was sie für ihre Rückhexmischungen brauchten: Wildkräuter, geschlossene Blütenköpfe, frische

Blätter, knorrige Wurzeln, kleine und große Pilze und eine Menge Waldfrüchte.

Der Vollmond stand noch hoch am Himmel, als die drei ihre Hexenbesen Kartoffelbrei, Kawakasi und Gänseblümchen bestiegen und im Eilflug zurück zum Haus der Familie Blocksberg kurvten. Bibis Mutter hatte ihnen netterweise die Benutzung ihres Labors erlaubt, weil alles frisch Gesammelte auch frisch zubereitet werden musste.

Zu Hause kippten sie vorsichtig den Inhalt ihrer Körbe auf den freigeräumten Labortisch. Stolz betrachtete Bibi die Ausbeute. Da war ja eine Menge zusammengekommen. Jetzt aber an die Arbeit!

„He, Schubia!“, forderte sie ihre

Hexenfreundin auf. „Brauchst du eine schriftliche Einladung, oder warum fängst du nicht an?“

„Hach! Mich ödet das alles an!“ Verdrießlich starrte Schubia auf ihren Haufen. „Ich hab keinen Bock drauf. Am liebsten würde ich mir in der Drogerie ein Haarwuchsmittel kaufen und alles über meine Birne gießen.“

„Bist du wahnsinnig?“, erwiderte Bibi. „Tante Mania merkt das sofort.“

Schubia winkte ab. Sie wusste ja, alles Jammern half nichts. Deshalb seufzte sie noch einmal theatralisch auf und trat dann zu dem Tisch.

„Birke, Brennnessel, Löwenzahn, Kresse und all so'n Zeugs“, zählte sie auf. „Alles stinklangweilig.“

„He!“, lachte Flauipaui, die gerade

den Inhalt ihres Korbes sortierte. „Du kennst dich gut aus. Bist ja eine richtige Leuchte. Apropos ‚Leuchte‘: Dreh mal die Tischlampe ein bisschen in meine Richtung. Meine Güte, ist das viel. Da könnte ich direkt Hilfe gebrauchen."

„Zeig mal", sagte Schubia neugierig, „was hast'n du da alles?"

Flauipaui griff nach ein paar Pflanzenteilen. „Thuja, weißer und roter Holunder und gefleckter Schierling. Fehlt bloß noch Knoblauch. Und Drachenbaum."

„Den kannst du aus Mamis Beständen nehmen", bot Bibi an.

Flauipaui bedankte sich. Bibi seufzte und zog einen Flunsch.

„Und wer gibt mir einen Tipp?"

„Ich, Bibilein!"

In der Tür zum Labor stand Barbara Blocksberg.

„Mami!", rief Bibi überrascht. „Ich denke, du schläfst?"

Ihre Mutter lachte.

„Wie kann ich schlafen, wenn in meinem Labor so spannende Dinge vor sich gehen. Außerdem möchte ich gern dabei sein, wenn ihr an meine Bestände geht und mit meinen Laborgeräten arbeitet."

Bibi fiel ein Stein vom Herzen. Ihre Aufgabe verlangte ebenso viel Hexspruchkenntnisse wie Kräuterkunde. Da konnte sie den Rat einer erfahrenen Hexe gut gebrauchen. Und wer könnte das besser als ihre Mami? Sie durfte zwar nicht direkt eingreifen, aber ein bisschen Hilfestellung war schon erlaubt.

Barbara Blocksberg führte Bibi zu einem Holzschrank, öffnete eine der Schubladen und deutete auf die darin befindlichen verschlossenen Gläser.

„Hier, Bibilein. Meine superstarken, streng geheimen Hex-Elixiere."

Bibi war überwältigt. „Boah! Die willst du mir wirklich geben?"

Ihre Mutter nickte. „Immerhin hast du es mit einem Hexendrachen zu tun. Für den brauchst du das Stärkste, was das Hexenlabor liefern kann." Sie blickte sich suchend um. „Wo ist er überhaupt?"

„Ich habe ihn mit dabeigehabt und dann in sein Terrarium gesteckt", antwortete Bibi und blickte ein wenig

traurig drein. „Er soll die Vorbereitungen für seine Rückverwandlung nicht so mitkriegen."

„Glaub mir, Bibilein, er fühlt sich als Feuersalamander viel wohler. Das ist seine wirkliche Natur."

„Meinst du?", fragte Bibi skeptisch.

„Ganz sicher", betonte ihre Mutter. „Du musst nur vorsichtig sein mit den Superhex-Extrakten. Nimm jeweils nur eine winzige Messerspitze voll davon. Der arme Pinky bleibt sonst in der Zwischendimension hängen."

„Was'n das?", fragte Schubia, die das Wort noch nie zuvor gehört hatte.

Barbara Blocksberg erklärte es ihr: „Das ist der Raum – wenn man ihn überhaupt so nennen kann –, den euer kleiner rosa Drache durchqueren muss, bevor er wieder zum Salamander wird. Also genau zwischen der Hexenwelt und wirklicher Welt. So, aber nun ist es genug der langen Reden. Ihr habt noch viel zu tun."

In der nächsten Stunde waren die drei Junghexen eifrig damit beschäftigt, ihre Schätze aus dem Wald zu schnipseln und zu hacken, zu sieden und zu köcheln, um dann alles zu dem zusammenzumischen, was sie benötigten: für Schubia eine schnell wirkende Hexen-Haartinktur, für Flauipaui eine Antiwarzencreme und für Bibi die Drachenrückhextinktur. Nachdem die drei alles in kleine Behältnisse gefüllt und verschlossen hatten, reinigten sie die Laborgeräte und wischten ihre Arbeitsplätze ab. Zufrieden betrachtete Barbara Blocksberg ihr sauberes Labor.

„Das war's dann, Kinder“, sagte sie. „Legt euch ein paar Stunden hin.“

„Und wenn wir nun nicht die richtige Mischung getroffen haben?“, meinte Flauipaui ein wenig ängstlich.

„Dann könnt ihr jetzt auch nichts mehr machen“, beruhigte Barbara sie. „Die Zutaten müssen ja erst ihre Wirkung entfalten.“

„Aber du weckst uns rechtzeitig, ja?“, bat Bibi.

„Versprochen.“ Ihre Mutter öffnete die Labortür und machte eine scheuchende Handbewegung. „Und jetzt ab mit euch. In Bibis Zimmer sind zwei Gästebetten aufgestellt. Wir sehen uns beim Frühstück.“

Jetzt heißt es warten …

Am nächsten Morgen konnten es die drei Junghexen kaum erwarten, ihre Mixturen auszuprobieren. Bernhard Blocksberg war zum Glück bereits auf dem Weg zur Arbeit, sodass sie sich ungestört auf dem Frühstückstisch breitmachen konnten. Bibi hatte Pinky auf dem Schoß, der seine Äuglein hin und her wandern ließ und neugierig das Geschehen verfolgte.

Flauipaui lüpfte ihren Schleier ein Stück und fragte: „Findet ihr auch, dass meine Warze schon etwas kleiner geworden ist?“

Bibi legte den Kopf schief und überlegte. „Ja, kann sein."

Der kleine rosa Drache schien jedoch anderer Meinung zu sein, denn er stieß einen Pfiff aus und zischte.

Schubia lachte.

„Hörst du, Blumenpott? Pinky hält dich immer noch für 'nen Drachenschreck."

„Glaub's nicht, Flauipaui", beschwichtigte Bibi die Freundin. „Sie will dich bloß aufziehen."

„Das kann schon sein", meinte Flauipaui, „aber jetzt will ich auf Nummer sicher gehen." Sie legte ihr Hütchen auf den Tisch, öffnete die Dose mit ihrer Salbe und schmierte die Nase dick ein. Bibi und Schubia halfen mit einem Wirkspruch nach.

„Eene meene Strahl des Lichts“, sagten sie gemeinsam, *„Warze schrumpft zu einem Nichts! Hex-hex!“*

Das „Hex-Plingpling“ war gerade verklungen, da begann Flauipaui zu lachen: „Iiiih! Das kribbelt in meiner Nase wie tausend Ameisen!“

„Sei doch froh!“ Bibi kicherte vergnügt. „Das ist ein Zeichen dafür, dass deine Salbe wirkt.“

„He, du Glückskeks! Ist doch super!“ Auch Schubia freute sich für Flauipaui.

Unbemerkt war in diesem Augenblick Pinky auf den Tisch gekrochen. Neugierig wie kleine rosa Drachen nun einmal sind, gab er der Flasche mit Schubias glitzernd bunter Tinktur einen Stoß, um an ihren Inhalt zu kommen. Als Schubia sah, wie er genüsslich zu schlürfen begann, stieß sie einen spitzen Schrei aus.

„Meine Flasche! Pinky! Du Mistkäfer!“

„Auweia!“, entfuhr es Flauipaui. „Der halbe Inhalt ist ausgelaufen!“

„Nein! Nicht! Pfui, Pinky! Pfui!“, schimpfte Bibi, packte den Drachen am Genick und setzte ihn auf den Boden. „Vielleicht ist noch was zu retten“, meinte sie hoffnungsvoll.

„Wie denn?“, schnaubte Schubia wütend. „Dieser Frechdachs hat fast alles aufgeschlabbert. Na, warte, du Ungeheuer! Nicht mit mir!“

Sie wollte sich auf Pinky stürzen und ihm eine Abreibung verpassen, doch Bibi hielt sie zurück.

„Schubia! Flauipaui! Kuckt doch mal! Es wirkt!“

Mit großen Augen und offenem Mund starrten die drei Junghexen auf den kleinen rosa Drachen zu ihren Füßen. Schubia rang sichtlich nach Fassung.

„Ich fress meinen Besen samt Motor!“, stieß sie verblüfft hervor. „Das Biest kriegt grüne Haarbüschel! Genau auf seinen runden rosa Flecken.“

„Dein Mittel wirkt!“ Flauipaui war begeistert. „Ist das nicht fantastisch?“

„Na, und?“, nörgelte Schubia. „*Mir* sollten die Haare wachsen, nicht dem blöden Vieh! Na, warte!“ Sie drohte Pinky mit dem Finger, worauf dieser sie wütend anzischte. „Das hast du nicht umsonst gemacht: *Eene meene unbewohnt, Hexendrache weg zum Mond! Hex-hex!“*

Funken sprühten, Sternchen blitzten, das „Hex-Plingpling“ ertönte, und von Pinky war nichts mehr zu sehen.

„Bist du wahnsinnig, Schubia?“, schimpfte Bibi. „Er ist weg!“

„Natürlich ist er weg“, freute sich die kleine Punkerhexe. „Ich hoffe, auf dem Mond ist er so weit weg, dass er nie mehr wiederkommt.“

„Aber wie soll ich ihn denn jetzt wieder zurückverwandeln?“, jammerte Bibi. „Das ist meine Aufgabe. Tante Mania macht mich zur Schnecke, wenn sie das erfährt.“

„Ach, vergiss es!“ Schubia winkte ab. „Was weg ist, brummt nicht mehr. Viel wichtiger ist“, sie hielt die Flasche gegen das Licht, „ob so wenig Flüssigkeit noch für meinen Kopf reicht."

„Es wird schon reichen", meinte Flauipaui zuversichtlich. „Komm, setz dich. Ich massiere sie dir ein."

Sorgfältig, damit ja nichts von dem kostbaren Nass verloren ging, tröpfelte sie die Tinktur auf Schubias Kopfhaut und verrieb sie gründlich. Seufzend ließ Schubia die Prozedur über sich ergehen und stülpte sich anschließend wieder ihr grünes Hütchen auf. Nun fehlte nur noch ein guter Hex-Wirkspruch – und dann hieß es warten und hoffen.

„*Eene meene flache Scholle*", sagten Bibi und Flauipaui, wobei sie jedes Wort deutlich betonten, „*wachse, grüne Punky-Tolle! Hex-hex!*"

Sogleich ertönte das „Hex-Plingpling“, doch es war auch noch ein anderes Geräusch zu vernehmen: ein leicht geisterhaft verzerrtes, leises Glucksen und Pfeifen.

„Habt ihr das auch gehört?“, fragte Bibi verwundert.

„Das klang wie Pinky“, stellte Flauipaui fest.

„Der alte Mistkäfer interessiert mich nicht“, maulte Schubia. „Ich will wissen, was mit meinen Haaren ist.“

„So schnell geht das nicht“, besänftigte Flauipaui sie. „Du musst …

Sie brach mitten im Satz ab, denn sie vernahm wie die anderen in diesem Moment erneut ein geisterhaftes Pfeifen, Glucksen und Zischen.

„Da ist es wieder“, sagte Bibi.

„Dann ist Pinky wieder da“, meinte Flauipaui.

„Ha!“ Bibi stieß einen kleinen Freudenschrei aus. „Man kann ihn doch nicht weghexen!“

„Und wo bitte ist dieses Ungeheuer?“ Schubia blickte sich suchend um.

„Ich glaube, das Geräusch kommt aus dem Garten“, sagte Flauipaui.

„Dann sehen wir dort nach“, schlug Bibi vor. Sie blickte auf die Uhr. „Wir müssen sowieso gleich los.“

Sie packten ihre Hex-Mixturen zusammen und eilten hinaus. Sie schauten überall zwischen den Büschen nach, Bibi rief laut Pinkys Namen, aber der kleine grün behaarte Drache war nicht zu finden. Nur ab und zu hörten sie sein Zischen, das immer noch geisterhaft klang und wie aus dem Weltraum zu kommen schien.

Als alles Suchen nichts half, bestiegen sie ihre Hexenbesen und machten sich auf den Weg zu Manias altem Haus im Wald. Für Bibi war Pinkys Verschwinden eine kleine Katastrophe, was sollte sie jetzt bei Mania mit ihrem Hexgebräu machen?

Bei Tante Mania

Der Kräuterkunde-Unterricht begann.

Flauipaui war als Erste an der Reihe. Als sie ihren Schleier lüpfte, begann Abraxas laut zu kreischen. Er wackelte vergnügt auf Manias Schulter herum, und es hatte den Anschein, als würde er sich köstlich amüsieren.

„Halt den Schnabel!“, wies sie ihn zurecht. „Man lacht nicht über verschmierte Nasen. – Und du“, wandte sie sich an Flauipaui und reichte ihr ein Tuch, „du wisch endlich die Salbe weg. Ich will sehen, ob du die Aufgabe gelöst hast.“

Flauipaui wischte und rieb und rieb und wischte, bis nichts mehr von der Creme übrig war. Dann betastete sie zögernd ihre Nase. Als sie nichts mehr spürte, was sich wie eine Warze anfühlte, stieß sie einen tiefen Seufzer der Erleichterung aus.

„Sehr gut." Mania betrachtete Flauipauis Stupsnäschen genauer. „Nichts mehr zu sehen. Dz! Dz! Warum muss ich euch bloß immer zum Erfolg zwingen?" Sie wandte sich an Schubia. „Und nun zu dir. Runter mit diesem schrecklichen Hut."

Widerstrebend nahm Schubia das grüne Lackhütchen ab.

„Sehr interessant", meinte Mania.

„Wow!" Bibi stieß einen leisen Pfiff aus. „Fast 'ne volle Wanzhaartolle!"

„Echt?“ Schubia war skeptisch. Dann ließ sie sich von Flauipaui einen Spiegel reichen und blickte hinein. Überall zwischen ihren grünen Haaren waren kreisrunde kahle Stoppelstellen. Hier fehlte das Haar, das Pinky auf seinen rosa Flecken gewachsen war.

„Ihhh!“, kreischte sie. „Dieses kleine Luder! Das ist schuld. Es hat meine Tinktur aufgeschlabbert.“

„Aufgeschlabbert?“ Mania runzelte die Stirn. „Wer hat was aufgeschlabbert.“

„Pinky!“, riefen die drei im Chor.

„Was soll das heißen?“ Auf Manias Stirn erschien eine steile Falte. Nun blieb ihnen nichts anderes übrig, als der alten Kräuterhexe die ganze Geschichte zu erzählen. Sie hatten eigentlich ein Donnerwetter erwartet, aber Manias runzliges Gesicht verzog sich zu einem Schmunzeln, dann begann sie schallend laut zu lachen. Die strenge Mania lachte, dass ihre Warze auf der langen Nase vor Vergnügen mithoppelte.

Mania sprach trotz des Missgeschicks Schubia ein Lob für ihre gelungene schnell wirkende Hexen-Haartinktur aus, und die Aufgabe galt als gelöst. Nun trat Bibi mit ihrer Hexendrachen-weghex-Aufgabe vor.

„Lass mal sehen“, sagte Mania. Bibi öffnete die Flasche, und sogleich begann der Inhalt zu brodeln und zu zischen. „Hmmm! Delikat!“

Mania verdrehte die Augen, aber die Mädchen hielten sich die Nasen zu.

„Pfuiii!“, beschwerte sich Flauipaui. „Das stinkt ja furchtbar!“

„Und wie!“, bestätigte Schubia. „Damit machst du ja ganze Landstriche unbewohnbar!“

„Still, ihr zwei!“, wies Mania sie zurecht. „Ihr wisst nicht, was gut ist. Was ist alles drin, Bibi?“

Die kleine Hexe zählte langsam an den Fingern ab und bemühte sich, keinen Fehler zu machen: „Aaronstab, Riesenbärenklau und Hahnenfuß, Fingerhut und Pfaffenhütchen, Stechapfel und Wunderbaum …“

„Exzellent!“ Mania war äußerst zufrieden. „Ein starker Zauber. Nun müssen wir die Wirkung testen.“

„Aber Pinky ist auf dem Mond“, gab Bibi zu bedenken.

„Ach, Unsinn!“ Die alte Hexe lachte. „Hexendrachen kann man nicht weghexen, am allerwenigsten auf den Mond. Er hat sich nur unsichtbar gemacht.“

„Dann habe ich ihn also doch gehört!“, rief Bibi.

„Natürlich“, sagte Mania. „Und durch die Dämpfe deines Elixiers, die sich überall verbreiten, wird er wieder sichtbar.“

Zu ihren Füßen begann plötzlich etwas Rosarotes umherzuhuschen, und das vertraute Pfeifen und Zischen war zu vernehmen.

„Pinky!“ Bibi bückte sich, und der kleine Drache kam zutraulich näher. „Da bist du ja, mein Kleiner.“

Nun war der richtige Zeitpunkt

gekommen. Mania reichte ihr die Flasche, und Bibi hielt sie Pinky hin. „Da, trink, mein Süßer", sagte sie. „Wie schade, dass wir uns trennen müssen."

Mit seinem rosaroten Maul schnappte Pinky nach der Flasche und trank gierig daraus. Jetzt wurde es Zeit für den Rückhexspruch: „*Eene meene Drudenfuß, von Arum bis Ranunculus, Datura bis zu Ricinus ... Werd, was du warst, zum guten Schluss! Hex-hex!*"

Noch mehr Funken sprühten, noch mehr Sternchen blitzten, und das „Hex-Plingpling" ertönte lauter als sonst. Augenblicklich wurde aus dem rosaroten Minidrachen Pinky wieder ein scheuer Feuersalamander. Er huschte auf seinen winzig kleinen Füßen über den Boden und war gleich darauf aus dem Blickfeld verschwunden. Keine der drei Junghexen wusste, ob sie darüber lachen oder weinen sollten. Da erregte etwas anderes ihre Aufmerksamkeit. Bibi sah es als Erste.

„Mensch! Flauipaui, kneif mich mal." Flauipaui tat es. „Au! Nicht so doll. Es stimmt, ich träume nicht. Kuck dir das Wanzhaar an!"

„Das oder die?", scherzte Flauipaui.

„Das von der", gab Bibi feixend zurück.

„Tatsächlich, ist nicht wahr!"

Die beiden starrten Schubia an.

„Was ist los mit mir?", fragte sie verwirrt. „Läuft mir die Nase, oder wachsen mir Segelohren?"

„Nö", meinte Bibi. „Aber deine Stoppelstellen sind weg."

„Mach Sachen!“ Schubia wollte es nicht glauben.

„Doch!“, bestätigte Bibi.

„Wow!“ Schubia war begeistert und fuhr sich durch ihr Haar, das jetzt keine lichten Stellen mehr aufwies. „Das ist ja der absolute Wahnsinn!“

„Habt ihr jetzt eure intelligente Unterhaltung beendet?“, unterbrach Mania die drei Mädchen. „Das ist gar kein Wahnsinn. Vergesst nicht: Euer Pinky war ein Hexendrache.“

„Aber er hat mir die halbe Tinktur weggeschlabbert“, wandte Schubia ein.

„Gerade deshalb.“ Mania schmunzelte. „In dem Augenblick, in dem er wieder zu einem Feuersalamander wurde, hat er alles an dich zurückgegeben.“

„Hä?" Schubia verstand nur „Bahnhof".

„Eines Tages lernst auch du das", ermunterte Mania sie. „Das Entscheidende ist: Bibis Gegenhexerei hat alles wieder in Ordnung gebracht."

„Das kapiere ich." Schubia gab ihrer Junghexenfreundin einen Rippenstoß. „Blocksberg … du hast was gut bei mir."

So hatte schließlich der Unterricht in der Hexenschule bei der alten Mania zu einem vollen Erfolg für alle Beteiligten geführt. Die strenge, aber auch gütige Lehrerin war mit den Fortschritten, die ihre Schülerinnen gemacht hatten, sehr zufrieden. Und die drei Junghexen waren stolz auf ihr neu erlangtes Wissen im Fach „Kräuterkunde“. Sie verabschiedeten sich von Mania, schüttelten einander noch einmal die Hände und flogen dann auf ihren Besen froh gestimmt nach Hause.

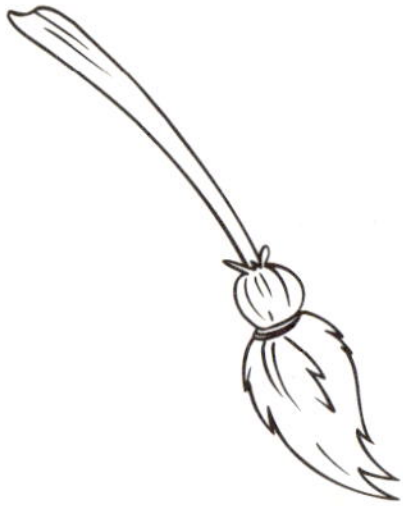

„Nachwuchs“ bei Blocksbergs

„Bibi?!“

„Ja, Papi?“

„Räum doch bitte dein Terrarium wieder weg“, forderte Bernhard Blocksberg seine Tochter auf. „Und schaff auch die Tiere raus. Du weißt doch, ich mag keinen Zoo im Haus.“

„Was für Tiere?“, wunderte sich Bibi. „Außer Pinky neulich habe ich nichts reingesetzt.“

„Und woher kommen bitte sehr die Salamander?“ Bibis Vater deutete in das Terrarium. „Sind die vielleicht vom Himmel gefallen?“

„Was?“ Bibi glaubte ihren Augen nicht zu trauen. Das war doch nicht zu fassen! In dem Terrarium flitzte Familie Feuersalamander herum … Vater, Mutter und drei Kleine. Bibi konnte das nicht verstehen.

„Mami! Mami!“, rief sie ihre Mutter herbei. „Sieh mal. Sind die nicht niedlich? Wo kommen die her?“

Beide beugten sich über das Terrarium.

„Aber Bibilein!“, lachte Barbara Blocksberg. „Weißt du das wirklich nicht?“

„Du meinst … Pinky?“

„Natürlich, mein Kind. Pinky hat eine Familie gegründet. Und nun merk dir eins …“ Bibi sperrte die Ohren auf. „Wer mit Tieren zu tun

hat, übernimmt auch Verantwortung. Deine besteht jetzt darin, dass du für die Familie einen schönen Platz zum Leben findest."

Und wo leben Salamander gerne?

Bibi brauchte nicht lange zu überlegen. Sie brachte die Familie Feuersalamander in den Steingarten hinter dem Haus. Dort konnten sie wunderbar Verstecken spielen und sich sonnen. Zum Abschied blinzelte Vater Feuersalamander Bibi mit seinen lustigen Augen zu, als wollte er sagen: „Siehst du, ich habe dich nicht vergessen!

Verhexter Lesespaß

Bibi Blocksberg™

von Theo Schwartz

Band 1	Hexen gibt es doch	ISBN 978-3-505-11701-5
Band 2	Der Hexengeburtstag	ISBN 978-3-505-11702-2
Band 3	Der Wetterfrosch	ISBN 978-3-505-11703-9
Band 4	Bibi und das Dino-Ei	ISBN 978-3-505-11704-6
Band 5	Wo ist Kartoffelbrei?	ISBN 978-3-505-11705-3
Band 6	Bibi im Orient	ISBN 978-3-505-11706-0
Band 7	Die neue Schule	ISBN 978-3-505-11707-7
Band 8	Das Wettfliegen	ISBN 978-3-505-11708-4
Band 9	3 x schwarzer Kater	ISBN 978-3-505-11709-1
Band 10	Das feuerrote Nashorn	ISBN 978-3-505-11710-7
Band 11	Der Superhexspruch	ISBN 978-3-505-11711-4
Band 12	Bibi als Prinzessin	ISBN 978-3-505-11712-1

Band 13	Bibi und die Vampire	ISBN 978-3-505-11713-8
Band 14	Bibi und die Piraten	ISBN 978-3-505-11714-5
Band 15	Das gestohlene Hexenkraut	ISBN 978-3-505-11715-2
Band 16	Die Hexenschule	ISBN 978-3-505-11716-9
Band 17	Freitag, der 13.	ISBN 978-3-505-11729-9
Band 18	Die neue Lehrerin	ISBN 978-3-505-11795-4
Band 19	Schubia dreht durch	ISBN 978-3-505-11927-9
Band 20	Bibi im Hexeninternat	ISBN 978-3-505-12001-5
Band 21	Bibi verliebt sich	ISBN 978-3-505-12057-2
Band 22	Der Brieffreund	ISBN 978-3-505-12083-1
Band 23	Das Schmusekätzchen	ISBN 978-3-505-12131-9
Band 24	Mami in Not	ISBN 978-3-505-12165-4
Band 25	Hexspruch mit Folgen	ISBN 978-3-505-12244-6
Band 26	Die Klassenreise	ISBN 978-3-505-12269-9
Band 27	Das Hexenhoroskop	ISBN 978-3-505-12317-7
Band 28	Die Hundebabys	ISBN 978-3-505-12340-5
Band 29	Die vertauschte Hexenkugel	ISBN 978-3-505-12435-8
Band 30	Die Junghexenbande	ISBN 978-3-505-12458-7
Band 31	Maritas Geheimnis	ISBN 978-3-505-12567-6
Band 32	Bibi braucht Hilfe	ISBN 978-3-505-12629-1
Band 33	Die große Hexenparty	ISBN 978-3-505-12748-9
Band 34	Die verbotene Hexeninsel	ISBN 978-3-505-12768-7

Zwei zum Pferdestehlen

Bibi & Tina®

von Theo Schwartz

Band 1	Das Fohlen vom Martinshof	ISBN 978-3-505-12755-7
Band 2	Amadeus ist krank	ISBN 978-3-505-12703-8
Band 3	Papi lernt reiten	ISBN 978-3-505-12756-4
Band 4	Das Zirkuspony	ISBN 978-3-505-12794-6
Band 5	Das Heiderennen	ISBN 978-3-505-12704-5
Band 6	Der Abschied	ISBN 978-3-505-12705-2
Band 7	Tina in Gefahr	ISBN 978-3-505-12795-3
Band 8	Der Hufschmied	ISBN 978-3-505-12706-9
Band 9	Der fliegende Sattel	ISBN 978-3-505-00010-2
Band 10	Das Zeltlager	ISBN 978-3-505-12757-1
Band 11	Papis Pony	ISBN 978-3-505-12796-0
Band 12	Der Liebesbrief	ISBN 978-3-505-10131-1
Band 13	Alle lieben Knuddel	ISBN 978-3-505-10312-4
Band 14	Der rote Hahn	ISBN 978-3-505-10313-1
Band 15	Das Herbstturnier	ISBN 978-3-505-12707-6

Band 16	Die Lipizzaner	ISBN 978-3-505-12708-3
Band 17	Der Pferdegeburtstag	ISBN 978-3-505-10852-5
Band 18	Die Tierärztin	ISBN 978-3-505-10988-1
Band 19	Das Gespensterpferd	ISBN 978-3-505-12797-7
Band 20	Die falsche Freundin	ISBN 978-3-505-12709-0
Band 21	Das Pferd in der Schule	ISBN 978-3-505-11400-7
Band 22	Der Pferdetausch	ISBN 978-3-505-12758-8
Band 23	Gefahr für Falkenstein	ISBN 978-3-505-11633-9
Band 24	Das Findel-Fohlen	ISBN 978-3-505-11634-6
Band 25	Der Glücksbringer	ISBN 978-3-505-12710-6
Band 26	Konkurrenz für Alex	ISBN 978-3-505-12711-3
Band 27	Der Pferdedieb	ISBN 978-3-505-12712-0
Band 28	Die Schnitzeljagdfalle	ISBN 978-3-505-12052-7
Band 29	Die wilde Meute	ISBN 978-3-505-12085-5
Band 30	Ein ungebetener Gast	ISBN 978-3-505-12132-6
Band 31	Die Pferdeprinzessin	ISBN 978-3-505-12166-1
Band 32	Besuch aus Spanien	ISBN 978-3-505-12245-3
Band 33	Freddy in der Klemme	ISBN 978-3-505-12270-5
Band 34	Der Verehrer	ISBN 978-3-505-12318-4
Band 35	Der verhexte Wanderritt	ISBN 978-3-505-12341-2
Band 36	Der verschwundene Pokal	ISBN 978-3-505-12436-5
Band 37	Die Überraschungsparty	ISBN 978-3-505-12459-4
Band 38	Das Amulett der Gräfin	ISBN 978-3-505-12565-2
Band 39	Die rätselhafte Schatzsuche	ISBN 978-3-505-12630-7
Band 40	Das große Teamspringen	ISBN 978-3-505-12732-8
Band 41	Die Waschbären sind los	ISBN 978-3-505-12848-6

www.schneiderbuch.de

EGMONT
Verlagsgesellschaften

Schneider Buch